キミに捧ぐ愛

miNato

○ STARTS
スターツ出版株式会社

カバーイラスト/花芽宮るる

ただ
まっすぐな愛がほしかった
かけがえのない揺(ゆ)るぎない愛が
「好きとか愛とかよくわかんねーんだよな」
そう言って笑ったキミは
とてもさみしい人でした
とてもさみしくて
でも温かくて
だけど冷たい人
そんなキミに
心から笑ってほしいと願った日から
きっと恋に落ちていた
＊さみしがり屋のキミに捧ぐ愛＊

contents.

Forever 1
冷ややかなブルー	8
愛を求めて	46
さみしさ	67

Forever 2
裏切り	90
別れの代償(だいしょう)	111
好きとか愛とか	132

Forever 3
逃げ道	156
見えはじめる素顔(すがお)	174
気になる存在	197

Forever 4
とまどい 216
打ちあけられた真実 239
愛って 264

キミに捧ぐ愛 番外編
愛という名のもとに 276
愛がほしくて〜ヒロトside〜 290

あとがき 312

Forever 1

冷ややかなブルー

　いつだって世の中は理不尽なことであふれている。
　どういう経緯でこうなったのか、なんで一方的に言いがかりをつけられなきゃいけないのか、いくら考えてみたって思いあたる節はまったくないのだけれど。
　でも、これがあたしの運命だって誰かに言われたらみょうに納得できちゃう。
　だって、いつものことだから。
　それにしても、思いこみってホントにすごい。
　完璧なメイクをした、人形みたいにかわいい人でも、ここまで変わるんだもん。
「あたしの彼氏、誘惑したでしょ⁉　あんたに誘われたって聞いたんだけどっ！」
「し、知りません……っ！」
　キッパリと否定してみるものの、あたしは知っている。
「ウソつくんじゃねーよ‼　この泥棒女‼」
　ほらね。
　あたしの声は誰にも届かない。
　いつも、誰にも信じてもらえない。
「男好きのくせにっ！」
「人の彼氏を誘惑するなんて最っっ低！」
　言葉とともに怒りの感情が、あたしの身体に突き刺さる。ピリピリとしたムードのなかで、四方を女子の先輩４人に

囲まれて、なす術もなく立ちつくす。
　あたしを見下ろす瞳はとても冷たくて、息をするのも忘れそうになる。
　いつだってそう。
　気をつけてどんなに控えめにしてたって、生まれもったあたしの容姿は目立ってしまうらしくて、いつの間にか『男好き』『遊んでる』なんて言われてしまう。
　中学の時からこうやって言いがかりをつけられて、派手な同級生や先輩から呼びだされるのは、しょっちゅうだった。
　なんであたしが……。
　なにもしてないのに。
　理不尽な言いがかりをつけられるたびに、そんなことを思ってきた。
『ちょっとかわいいからって、調子に乗ってるんじゃないの？』
『あんたなんか、顔だけなんだよ！』
『自分がいちばんだと思うな』
『この性格ブス！』
　そんなことを何回言われたかは、わからない。
　言われるたびに傷ついたり、やってもいないことをやったと思われるのが嫌で、否定してきたけれど。
　誰ひとりとして、あたしの言うことなんて信じてくれなかった。だから今ではもう、信じてもらうことをあきらめているあたしがいる。

「ちょっと、聞いてんの!?」
　あたしに彼氏を誘惑されたと思っている目の前の派手な先輩は、小顔でスタイルもよくてかわいい顔をしているんだけれど。
　敵意剥き出しで目を見開き、声を荒らげる姿はさすがに怖い。
　彼氏の前では、こんな顔は絶対に見せないんだろうな。
　言葉づかいも乱暴だし、腕組みして偉そうにしているところを見ると、人の裏側って怖いなってつくづく思う。
　ここは、放課後の校舎裏。あたりには誰もいない。
　ジリジリと距離をつめてくる派手な先輩たちからは、吐き気がするほどの甘ったるい香水の匂いがプンプンする。
　これからなにをされるかなんて考えたくもない。
　あたし……なにも悪いことしてないのに。
　悔しくて唇を噛みしめる。
　突き刺すような冷たい視線に耐えきれなくて、軽く下を向いた。
「なに？　今さら後悔してんの？」
「キャハハ！　こいつ、ビビッてるよ」
「ホントだ？　震えてんじゃん！　ウケる!!」
　先輩たちは、攻撃をゆるめることなく言葉を重ねていく。
「あ、あたし……ホントに、そんなことしてない」
「うっせーんだよ！　ウソつくな」
　勇気を出して振りしぼった声は、怒り交じりの声にかき消された。

いつものことじゃん。
そう……いつものこと。
こんなの、慣れっこなんだから。
だけどさ。
あたしと話したこともないあなたたちが、あたしのなにを知ってるっていうの？
なにも知らない人に、どうしてそこまで蔑まれなきゃいけないの？
集団でしか行動できない意気地なしのくせに。
あたしの身体の奥底から言いようのない怒りが込みあげて、拳がプルプルと震える。
だけど、こんなわけのわからない先輩たちに対して怒っていたらエネルギーのムダだから、冷静にならなくちゃ。
ここでムキになったら、よけいに相手を刺激するだけだ。
落ちつけ、落ちつけと自分の胸に言いきかせる。
ドクドクと鼓動がうるさいのは、いくつもの冷ややかな視線が胸に突き刺さって苦しいから。
彼女たちにはなにを言ってもムダだってことを嫌というほど知ってるし、ホントのことをわかってほしいだなんてこれっぽっちも思ってない。
信じてもらえるなんて、もっと思ってない。
ただ、世の中の理不尽さが嫌でたまらなかった。
なんであたしがこんな目に遭わなきゃいけないの？
スーッと息を吸いこみ、覚悟を決めて震える足を前に動かした。

「どこ行くんだよ!? まだ話は終わってないでしょ‼」

 肩をガシッと強くつかまれて、バランスを崩しそうになった。

 だけどなんとか踏みとどまり、彼氏を誘惑されたとカン違いしてる先輩の顔を見上げる。

 あたしをにらんでいるその大きな瞳に、憎しみと恨みがこもっているのがわかって胸が痛む。

 ……いつもの目だ。

 いつだってあたしには、こんな視線しか向けられない。

「いくら言っても信じてもらえないので……帰ります」

「はぁ? 当然だろ! あんたの言うことなんて、信じられるわけないんだよ!」

 振りあげられた腕と、鬼のような形相に、身体が固まる。

 ——パシン。

 次の瞬間、左の頬に鈍い痛みと乾いた音が響いた。

「……っ」

 しだいに熱を帯び、ジンジンしはじめる頬。

 その瞬間はなにが起こったのかわからなかったけど、口の中に血の味が広がって、叩かれたんだと理解した。

 こうやって手を上げられるのは初めてじゃないけど、何度味わっても痛みは慣れるようなもんじゃない。

 なんで……あたしが。

「ははっ、ザマーミロ!」

「これに懲りたら、二度と人の男に手ぇ出さないでよね!」

「次はこんなもんじゃすまさないから」

嫌味たっぷりに言いすてて、彼女たちは足早に立ちさった。

その瞬間、全身から力が抜けた。もつれた足を引きずるようにヨタヨタと歩きながら、校舎の壁に背中を打ちつける。

痛かったけど、それよりも今は心のほうが痛くて。

だんだんと鼻の奥がツンとしてきて目頭が熱くなった。

高校に入学して約3カ月。

中学の時のようなことを二度と繰り返したくないと思って入学したのは、地元から電車で片道1時間もかかる公立高校。

担任の先生からは地元でトップレベルの公立の進学校をすすめられたけど、中学の同級生がたくさん受けるから嫌だった。

誰もあたしのことを知らない初めての場所に行きたかった。逃げたかった。

そんなネガティブな選択からこの学校に決めた。

同じ中学出身者がいない高校に行くために、隣の県の学校をわざわざ選んだのに、いくら環境を変えたって運命は変えられないのかもしれない。

あたしの人生は人から憎まれるためにあって、幸せなんてこの先もずっと訪れないのかも……。

ホント……嫌になる。

「いたた……」

叩かれた左頬に手をやると、悔しさとかいろんなものが

胸に込みあげてきた。
　こうやって呼びだされたのは、高校に入ってから３度目になる。
　名前も知らない同じ学年の女子たちに陰口を叩かれ、派手な先輩からは目の敵にされていた。
　髪を明るく染めたり、ピアスをしているわけじゃないのに、どうしてあたしが目をつけられるのかがわからない。
　ツイてないと言えばそうなのかもしれない。
　目立たないように息を潜めていても、こうやって見つかってしまうんだから。
　そっと立ちあがり、スカートについた汚れを軽く手で払ってから校舎の中に入る。
　むし暑い廊下を歩きだしたら、はっと我に返った。
　ヤバ、急がなきゃ。
　今日はとんだ時間のロスをしちゃったから、間にあわないかもしれない。
　早く早く……！
　焦る気持ちから階段を足早に駆けあがり、教室に戻った。
　──ガラッ。
「!?」
　誰もいないと思って勢いよくドアを開けると、中に人がいて驚いた。
　そこにいたのは、クラスでも人気がある爽やか系男子の長谷川君。
　いつもニコニコしててつかみどころがないっていうの

が、彼に対するあたしの印象。
「如月さん、まだ残ってたんだ？」

　長谷川君はいつものように優しく笑いながら、机に掛けてあったカバンを持って立ちあがる。

　そして、ゆるふわパーマの茶色い髪を揺らしながら近づいてきた。

　背が高くてスタイル抜群。

　いわゆるクラスの人気者だ。

　だけど、どこかシリアスな雰囲気を漂わせる彼。

「うん。先輩から呼びだし食らってたから」
「呼びだし、ね。なんか恨まれるようなことでもしたの？」

　長谷川君は一見するとニコニコしているけど、なんとなくその瞳は冷たくて、あたしのことなんて興味がなさそう。

　まぁ、変に興味をもたれても困るんだけど。
　どうせ、みんなそう。
　誰もあたしの言い分なんて聞いてくれない。
　長谷川君だって同じ。

　クラスにもあたしの男関係のウワサは広まってるから、みんなからそんな目で見られていると思う。

　あたしを見てヒソヒソ言ってる女子も多いし、男子からはからかい半分で『遊んでんの？』なんて聞かれたこともある。

　先輩や同級生から何回か告白されたけど、どういうわけか遊んでるような派手な人ばかりだった。

きっと長谷川君だってそう思ってるに決まってる。
尋(たず)ねてきたのだって、きっと面白半分なんだろう。
「あたしが先輩の彼氏を誘惑したことになってるらしいよ」
　重く取られないように冗談っぽく笑って、適当にかわした。
　そして、自分の席に行ってカバンを持つ。
　正直もう、どうでもいい。
　誰にどう思われようとあたしには関係ない。
　長谷川君の好きなように思えばいいんだ。
「ふーん、そっか。大変だな」
　振り返ると、長谷川君はクリッとした目を細めてやっぱり笑っていた。
　なにを考えているのかわからないポーカーフェイスと、冷めたようなその瞳。
　笑っているのに、なぜか笑顔がとても冷たい人。
　きっと心からは笑ってなくて、表面上だけ取りつくろっているんだろう。
　こんなウソっぽい笑顔を向けられても、うれしくもなんともない。
　むしろ不愉快(ふゆかい)で早くこの場から立ちさりたかった。
「じゃあね、バイバイ」
「如月さんってさ……」
　顔も見ずにそそくさと教室を出ていこうとすると、再び話しかけられて足が止まる。
　なに？

まだなにか言いたいわけ？
　無言で振り返ると、今度は真顔であたしを見つめる長谷川君がいた。
　甘いマスクに、よく通る低音ボイス。
　小顔で制服をゆるく着くずして、右腕には数珠のブレスレット。
　体格だっていいし、程よく筋肉がついた男らしい色気のある身体をしている。
　改めて見ると、悔しいけど長谷川君はイケメンだ。実際モテるらしく、女子に囲まれていることも多い。
　一見爽やかだけど、裏がありそうな気がする。
　なにを考えているのかわからないから、あたしは長谷川君みたいな人はなんとなく苦手。
　そういえば前にクラスの子が、長谷川君はモテるけど誰に対しても決して本気で好きにならないなんて言ってたかもしれない。
　あたしと同じで長谷川君もクラスでは目立ってるから、いろんなウワサがある。
　遊んでいるとか、不特定多数の彼女がいるとか。
　べつに、その話をすべて信じているわけじゃないけれど……。
　っていうか、長谷川君のことはどうでもいい。
　あたしには関係ないんだから。
「生きてて楽しい？」
「は？」

あまりに唐突に、淡々と紡がれた言葉に目を見開く。
　生きてて……楽しいかって？
「なにそれ、意味わかんない」
　なんでそんなことを聞くわけ？
　っていうか、ほぼ初めて話したのに、いきなりそんなヘビーなことを聞かれても正直、返事に困るんだけど。
「なにって、そのままの意味だけど」
　この人、本気で言ってんの？
　マジマジと見つめるけど、どこか冷ややかな表情からはなにも読みとれない。
　答えに困って、しばらく黙りこむ。
　そうこうしているうちに再びクリッとした目を細めて笑いかけてくるから、なんだか憎たらしく思えてきた。
「楽しくないって言ったら？」
「べつにどうもしない。俺の予想どおりだったかって感じ」
　はぁ？
　なにそれ。
　予想どおりだったら、なんだっていうの？
　なんだか見下されているみたいでムカつく。
「あたし、急いでるから。じゃあね」
　長谷川君はそれ以上呼び止めてくることはなく、あたしは急ぎ足で学校をあとにした。
　なんなの、あの人。
　変な質問をしてきて。
　意味わかんない。

そんなことを考えながら、駅まで猛ダッシュした。
　この電車を1本逃すと次の電車が来るまで30分も待たなきゃいけないから、どうしても5分後の電車に乗りたい。
　校庭からは元気のいい蝉の鳴き声が聞こえて、夏のはじまりを教えてくれているようだった。
　走っていると額から汗が流れおち、手でぬぐう。
　あ、暑っ。
　暑いとムダにエネルギーが奪われるから、やっぱり夏は嫌いだよ。
　カバンから定期を出して改札を通りぬけると、ホームに上がる階段を1段飛ばしで走った。
　ホームに着くとちょうど電車が停車していて、全速力で突進する。
『間もなく扉が閉まります。駆けこみ乗車はおやめください』
　そんなアナウンスが聞こえたけど、なりふりなんて構ってられない。
　閉まりかけのドアに身体を滑りこませ、なんとか電車に乗ることができた。
「はぁはぁ……」
　さすがに学校からの全力疾走はキツい。
　最近はとくに運動をしていなかったから、身体がかなりなまっていた。
　大きく深呼吸をして、乱れた息を整える。
　汗をかいたせいで、シャツや中に着ているキャミが湿っ

ていて気持ち悪い。

あたしは空いていたふたり掛けの席に座ると、カバンから制汗スプレーを出して、シャツの中にシューッと吹きかけた。

さらに制汗シートを出して、念入りに腕や足をふく。

汗が落ちついてきたところで、手鏡を見ながらファンデーションを顔に薄くのせてチークをサッと一塗りした。

もともとはっきりしている顔立ちのあたしは、目立ちすぎるのが嫌でメイクはいつも控えめにしている。

ファンデーションをサラッとのせて、ピンクのチークを塗って。アイメイクはしない。

あとはたまにグロスをする程度。

ぱっちりした二重の目に、高すぎず低すぎずのスッと通った鼻筋。

小さな唇。

背が高くてスラッとしているスタイルは、パパから譲りうけたもの。背中まで伸びた黒髪ストレートがトレードマーク。

顔は……どうやらママ似らしい。

流行りのメイクや服のコーディネートは雑誌を読んで勉強している。

オシャレが欠かせないのは、こんなあたしを愛してくれるたったひとりの人がいるから。

だからこそ、さっきみたいな理不尽な仕打ちにも耐えられる。

どんなこともガマンできるの。
　地元の駅に着くと、弾む気持ちを抑えながら待ちあわせ場所に向かった。
　自然と足取りが軽くなるのは、久しぶりに会えるのが楽しみで仕方ないから。
　そう、あたしには海里がいる。
　あたしだけを愛してくれるたったひとりの人が。
　改札を抜けると大きな本屋さんが目の前にある。
　地元ではいちばん大きな本屋さんで、駅前ということもあってか、待ちあわせ場所として使われていることが多かった。
　息を弾ませながら足早に店内に入る。入り口にある週刊マガジンのコーナーで、学ランをだらしなく着くずして立っている派手な海里の姿を見つけた。
「海里！　遅くなってごめんね」
　声をかけると、それまで立ちよみをしていた海里がパッと顔を上げた。
　無造作にセットされたキャラメルブラウンの髪と、耳にジャラジャラついている無数のピアス。
　整えられた細い眉毛とか、あたしを丸ごと包んでくれる大きな胸板とか、血管の浮きでた逞しい腕とか、海里のどこを見てもドキドキしてしまう。
　またカッコよくなってるし。
「マジで待ちくたびれたし」
「ごめんごめん。ちょっとゴタゴタしちゃってて」

「ふーん。ま、いいけど。あちーから、とにかくどっか行こうぜ」
「うん！」
　せっかく久しぶりに会えたっていうのに、いつもとテンションの変わらない海里に拍子抜けしてしまう。
　少しくらいニコッとしてくれてもいいのに。
　こんなに待ちどおしかったのは、もしかするとあたしだけだったのかな。
　海里はさっさとひとりで店を出て、駅のほうへ歩きだす。
「結愛？　早く来いよ」
「あ、うん！　ごめん」
　あわてて海里の隣に並んだ。
　そんなあたしを見てフッと口もとをゆるめた海里のことを、改めて見つめると、中学の頃に比べてずいぶん背が伸び、雰囲気も大人っぽくなったと思う。
　だからかな、前以上にあたしがドキドキしちゃうのは。
　中学の同級生である海里とは付き合って２年経つけど、中学の頃より気持ちは大きくなるばかりでどんどん好きになってく一方。
　海里さえいてくれたらそれでいい。
　ほかになにもいらない。
　だから、ずっと一緒にいてね。
「ね、手つないでもいい？」
「暑苦しいからパス」
「えー、ケチ！」

「それより、どこ行くか決めろよな。暑いから、外はパスな」
　海里はあたしの顔も見ずに、まっすぐ前を向いて歩きつづけている。
　隣にある腕をつかもうとしたけれど、ヒラリとかわされてしまった。
　人前で手をつないだりベタベタするのが嫌いだって知ってるけど、久しぶりなんだからちょっとはふれたいとか思ってくれてもいいと思う。『面倒だから』っていう理由だけで、メッセージや電話もあまりしてくれないし。
　中学の頃は学校で顔をあわせるからそれでもよかったけれど、高校が別々になってしまった今は、さみしくて仕方ない。
　電話でもっといろいろ話したい。メッセージももっと送ってほしい。
　でも、あんまりしつこく催促すると、怒りそうだから強く言えなくて。
　さみしさを押しころして海里の前では笑っていた。
　だけど、連絡がないとなにをしているのか気になって、海里のことが頭から離れない。
　今日だって、ずっと考えてたっていうのに……。
　海里はそうじゃなかったみたい。
「結愛？」
「え？　あ、なに？　どうしたの？」
　考えていたことが悟られないように、とっさに笑ってみせる。

「ボーッとしてんなよ」
「あはは、ごめんごめん」
　笑っていないと嫌われるような気がして怖かった。
　海里に嫌われたらあたしはおしまいだから。
　やっと見つけたたったひとつの居場所を、失うわけにはいかないんだ。
「海里はどこ行きたい？」
「んー、どこでもいい」
　いつもの答え。
　どこでもいいって、いちばん困る返答だ。
　ちょっとは考えてくれてもいいのにな。
　そんなことを思いながら横顔をチラッと見る。
　ちょうどその時、ズボンのポケットに入っていた海里のスマホの着信音が鳴った。
　面倒くさいからといって、初期設定のまま今まで変えられたことのないありきたりな音。
「あー、もしもし」
　ポケットからスマホを出した海里はすぐに電話に出た。
　かすかに漏れる男の人っぽい声にホッとしつつ、唇をキュッと噛みしめる。
「うん。え？　マジで⁉　今から？　いやー、今はちょっと取りこみ中だから」
　海里はチラッとあたしを見て、電話の相手に申し訳なさそうに言った。
「えっ？　マジかよ。いいの？　ちょっと聞いてみるわ」

スマホから耳を離した海里は、うれしそうにあたしの顔をのぞきこむ。
「高校のダチが今から一緒に遊ばないかって言ってんだけど。向こうも女連れだから、結愛も一緒にどうかって」
　なんだかニコニコしちゃってさ。
　こんな顔、あたしと会った時はしてくれなかったじゃん。
　なんて卑屈になりつつも、その笑顔に弱いあたしは結局うなずいてしまった。
　本当はふたりきりがよかったけど、ここまであからさまにうれしそうにされたら嫌とは言えない。
「おう、じゃあ30分後な」
　電話を切った海里を見つめながら、思わず小さくため息を吐いた。
　あと30分しかふたりきりでいられないのか。
　久しぶりだから甘い時間を過ごすことを期待してたけど、どうやら今日はかないそうもない。
「適当にブラついて時間潰すか」
「そうだね」
　本当は話したいこととか聞きたいことがたくさんあったのに、ブラブラしながら取り留めのない会話をしていると、あっという間に時間は過ぎていった。
　待ちあわせ場所のゲーセンは、駅前の繁華街の中にある。
　繁華街はカラオケボックスやゲームセンター、カフェ、ファストフード店がたくさん並んでいて、常に人であふれ返っている。

さらに、待ちあわせ場所であるゲーセンは、人々の笑い声や、けたたましいゲームの電子音、いろんな音であふれていて、たくさんのガラの悪い高校生でいっぱいだ。
　地元だから中学の同級生がいないかとヒヤヒヤしたけど、そんなのはあたしの取り越し苦労だったみたい。
　中学の頃、海里とよく来て遊んだゲーセン。
　プリクラを撮ったり、カートゲームで競ったり、UFOキャッチャーでぬいぐるみを取ってもらったり。
　とにかくたくさんの思い出がこの場所にはつまってる。
　1台のプリクラ機の前に着いた時、海里があたしの腕を引きながら中に入った。
「久しぶりに一緒にプリクラ撮ろうぜ」
「えっ？　あ、うん！」
　それだけのことで、うれしくて頬がゆるむ。
　海里はポケットから小銭を出すと、それをプリクラ機に投入した。
「結愛の好きなように設定して」と言われて、画像の明るさや目の大きさや背景を決めていく。
　なんだか久しぶりにデートっぽいことをしてるかも。
　えへ。
　うれしいな。
　たったこれだけのことで幸せな気持ちで満たされるあたしって、なんて単純なんだろう。
　撮影タイムに入り、ルンルンで海里の隣に立つと急に肩を抱かれて引きよせられた。

「え？　ちょ……」
『撮影をはじめるよ——3——2——1』
　——カシャ。
　カメラのシャッター音と、顔を横向きにされ、海里の顔が目の前に迫ってきて、あたしの唇が塞がれたのはほぼ同時。
　ドキッと胸が高鳴って、思わずまっ赤になってしまった。
「ななな、なに……すんの」
　驚きのあまり大きく見開いた目で、海里のほうを見る。
　熱のこもった瞳で見つめられて、全身が一気に熱くなった。
「照れてんの？」
「だ、だって……いきなりするから」
「ふはっ、かーわい……」
「……っ」
　海里はズルい。
　あたしの耳もとで甘くそんなことをささやくなんて。
　胸がキュンとなって、好きな気持ちがどんどんあふれてくる。
「顔赤いけど？」
「か、海里のせいじゃん」
「マジでかわいいな、おまえ……」
　海里は低い声でつぶやいて、フフッと微笑んだ。
　ううっ。
　そんなに色っぽく笑われたら、このあともふたりでいた

いっていう想いがあふれだしちゃう。
　ワガママを言ってしまいそうになるのを抑えて、あたしはただうつむいていた。
　キスの感触がまだ唇に残っていて顔が熱い。
「ほら、顔上げろよ。まだ撮りおわってねーだろ」
　そう言われて顔を上げると、イタズラッ子のように笑う海里の顔が再び近づいてきた。
「んっ」
　一瞬でまた唇を奪われて、さっきよりも熱くとろけるような長いキスが落とされる。
　クラクラして倒れそうになったけど、海里の腕が抱きとめてくれた。
　密着してると海里を求める想いが止まらなくなって、どんどん欲張りになってしまう。
　思わず、海里の身体をギュッときつく抱きしめた。
「か……かい、り」
　繰り返されるキスに息が上がって、身体の底から熱いものが込みあげる。
　海里……大好き。
　もっともっと一緒にいたいよ。
　私の想いとは逆に、海里の唇の感触が消えた。
「時間だな、そろそろ行かねーと。それに、これ以上したらやべーしな」
　そう言いながら離れた海里の唇に名残惜しさを感じてしまう。

……もっとしてほしいよ。

　取り返しがつかなくなるくらい、あたしを求めてほしい。

　好きだから。

　大好きだから。

　海里に必要とされることで、あたしは自分の存在価値を見出せるんだ。

「はい、これ」

　海里が切って渡してくれたプリクラのなかのあたしは、どれも赤い顔をしていて。

「なんか、結愛の顔みんな赤くね？　田舎者か？」

　海里に笑われたけど、そんなことさえも幸せでかけがえのない時間だった。

「ちーっす、海里ー！」

「かーいくーん！」

　さらに奥に進むと、大きなメダルゲームの一角にたむろするガラの悪い高校生の集団が目に入った。

　海里と同じ高校の制服で、こっちに向かって大きく手を振っている。

　明らかに悪そうな人たちをズラリと目の前にして怯んだけど、「大丈夫だから」と海里に腕を引かれてなんとか輪のなかに入ることができた。

　８人ぐらいの男女がいたけど、どの人もかなり目立つタイプ。

「俺の彼女の結愛。仲良くしてやって」

　海里がみんなに簡単に紹介してくれて、小さくペコッと

頭を下げた。
　こんなにたくさんの人に注目されるのは、正直すごく苦手。
　でも、海里の友達だから……。
　その一心だけで乗りきった。
　女子からは突き刺さるような視線を向けられて、息がつまる思いだった。
　やっぱり、あたしはどこに行っても歓迎されないらしい。
　男子からは感じない女子の敵意に、海里はぜんぜん気づいていないみたいで。
　あたしはますます小さくなって顔を上げられなかった。
　やだな。
　早く帰りたいよ。
「海里の彼女、マジかわいいな」
「結愛ちゃんかー、名前までかわいい」
「こんな美少女、俺らの学校にはいねーしな」
「ちょっと！　失礼じゃない？　あたしらがいるじゃん」
「おまえメイク落としたら別人だろ。かわいいっていうのは、もとがいい女のことを言うんだよ」
　男子たちがあたしをほめちぎるたびに、女子からは冷ややかな視線を向けられた。
　その場の空気がギスギスしていくのがわかって、どう返事をすればいいのかわからない。
「テメーら、マジうっせー。人の女をジロジロ見てんじゃねーよ」

「へー、おまえでも妬いたりするんだ？」
「うっせー。太陽のくせに生意気なんだよ」

　太陽と呼ばれた男子は、微笑みながら海里を見ている。

　あたしも、ムスッと唇をとがらせる海里の姿に笑みがこぼれる。

　妬いてくれてるんだと思うと、うれしくて仕方なかった。

　すごく単純だけど、それだけのことで気分が一気に明るくなった。

　ひとりでニヤニヤしてたら、海里に頭を軽く小突かれちゃったし。

「あー、イチャついてるところ悪いけど。俺は太陽っていって海里とは同じクラスなんだ。よろしく」

　ニコッと笑ってそう言ってくれた太陽君は、このなかでは見た目が控えめなほう。

　それでも整った顔をしてるから、存在感は抜群だけど。

　人懐っこい笑顔が安心感を与えてくれる。

「あ、う、うんっ……！　こちらこそお願いします」

　そのあと一通りみんなが自己紹介してくれたけど、人数が多すぎて一度には覚えられなかった。

　とにかく海里といちばん仲が良い太陽君と、その彼女の亜子ちゃんは覚えた。

　亜子ちゃんは、黒髪のボブカットで、小柄なかわいい女の子。

　くっきり二重の目がとても印象的で、ニコニコしていて愛嬌がある。

そんな亜子ちゃんは、ほかの女子からあたし同様に敵意に満ちた目で見られていたけど。
　ちょっと鈍いのか、当の本人はそれにまったく気づいていないみたい。
「結愛ちゃん、だよね？　亜子、友達がいなくて。仲良くしてくれるとうれしいな」
「え？　あ……うん。よろしくね」
　愛嬌のある笑顔で微笑まれ、とっさにあたしは愛想笑いを浮かべた。
　一気に距離を縮めてこられると、警戒するのがクセになってしまっている。
　信じて裏切られるのは嫌だから、簡単に人を信用しちゃいけない。
　とくに女子は、顔は笑っていても心のなかでなにを考えているのかわからないから怖い。
　簡単に裏切る人はたくさんいるんだから。
「太陽と長町君、あたしたち彼女をほったらかしてゲームに夢中とかありえないよね」
　亜子ちゃんがプクッと頬をふくらませながら言う。
　長町君とは、海里のことだ。
　ふたりは格闘ゲームが好きで、あたしたちを放ってゲーム機があるほうへ行ってしまった。
　気づくとほかの女子ふたりも、どこかへ行ってしまったみたい。
　だから、ここにはあたしと亜子ちゃんと残りの男子しか

いない。
「太陽の奴、あとでとっちめてやるっ！　それにしても長町君から話に聞いてはいたけど、結愛ちゃんってホントにかわいいねー！　亜子、こんなかわいい子と友達になれてうれしいよ」
「…………」

　友達……。

　そう言われてうれしいけど、複雑な気持ちも強い。

　その言葉にはなにか裏があるんじゃないかって、疑ってしまっているあたしがいる。

　だって。

　信じて裏切られたら、傷つくのはあたしだもん。

　この世に絶対なんてものはなにもない。

　形のないものを信じることほど怖いものはないから、それなら最初から信じなければいいだけのこと。

　表面上だけうまく取りつくろって、その場限りの付き合いを続けていけばいい。

　本音をさらけだすなんて、そんな面倒くさい生き方をあたしは望んでいない。

　それでもあたしは、揺るぎないたったひとつのものがほしかった。

　決して裏切ることのない、揺るぎないなにかが。

　あたしは臆病(おくびょう)になりすぎて、信じる気持ちをどこかに忘れてきてしまったんだ。

　亜子ちゃんと取り留めのないことをしゃべって時間を潰

した。
「太陽と長町君、学校でもずーっとゲームばっかしてるよ。授業中とかオンライン通信までして、ボス倒すのに必死だしさー。亜子はいっつもほったらかしだよ」
「そうなんだ」

真剣(しんけん)な目でムッとする亜子ちゃんの横顔がかわいくて、太陽君のことがよっぽど好きなんだなってことが伝わってきた。

高校生活のなかの海里の姿を知らないあたしは、亜子ちゃんから聞かされる話が新鮮で、思わず聞きいってしまう。

海里は学校のことをあんまりくわしく話してくれないからよけいに。

亜子ちゃんから番号とメッセージアプリのIDを教えてほしいとお願いされて、とくに断(ことわ)る理由も思いつかなかったから教えることにした。

そのあと亜子ちゃんは太陽君のもとに行ってしまい、あたしは残っている男子の輪のなかに入っていけず、意味もなくゲーセン内をウロウロしてみたり、スマホを見たりしながら、ぼんやりしていた。

男子たちが気をつかって話を振ってくれたりしたけど、愛想笑いを浮かべることしかできなくて。

海里が早くゲームを終えて戻ってきてくれることだけを願っていた。

それから1時間くらい経ったけど、なかなかゲームを終

えようとしない海里にしびれを切らしてひとりでトイレに向かう。

　知らない人に囲まれるなかで愛想笑いを浮かべつづけるのは、気疲れ感がハンパない。

　あーあ。

　海里とふたりきりになりたいな。

　このあと……どうするんだろ。

「あー、うっざ！」

　バンッと勢いよくトイレの入り口のドアが開いた音が、個室に入っていてもうるさいほどに聞こえてきた。

「海君の彼女、マジでウザすぎなんですけどー」

　海里のあだ名を聞いて、ビクッとする。

　海君の彼女って……あたしのことだよね？

「だよねー！　これじゃあ、歩美がかわいそうだよ」

「そうそう。ずっと、海君一筋なのにさー」

　毒づく彼女たちの声がグサグサと胸に突き刺さる。

　さっきの冷ややかな視線を思い出して、胸が締めつけられる思いだった。

　陰口を言われることには慣れているからどうってことはないけど、それでも気分のいいものじゃない。

「あれはマジで男好きな感じだったよねー。みんなにかわいいって言われて、まんざらでもないって顔してたし」

「だねー！　あたしはモテるとか思ってそう！」

「海君が歩美と浮気したくなる気持ちわかるわー！　さっきだって海君に見向きもしないで、楽しそうにエイタと

しゃべってたし。彼氏の目の前で男漁りとかありえないし」
「そりゃ海君も毎日歩美を家に呼びたくなるよね」
　え……？
　なに、それ。
　どういう……こと？
　胸に鋭い衝撃が走る。
　浮気……？
　海里が？
　毎日家に呼んでる……？
　目の前がまっ暗になった。
　クラクラして立っているのが精いっぱい。
　ウソだよね？
　なにを言ってるの？
　意味がわからないよ。
「海君もいいかげんあんなに男好きな彼女と別れて、歩美と付き合ってあげればいいのにねー！　歩美とは毎日電話もしてるみたいだし、ほとんど付き合ってるようなもんじゃん」
「ねー。彼女が浮気してることを歩美に相談するくらいなら、いっそのことふっちゃえばいいのに」
　なに、それ。
　あたしが浮気してるって……ほかの女の子に相談をしている？
　ウソだ。
　海里がそんなこと……。

ウソだ。
ウソだ……。
足がガクガク震えて立っていられない。
そんなの違うって思いたいのに、彼女たちの話がやけにリアルでウソをついているとは思えなかった。
海里が浮気してる……。
しかも、あたしが浮気してると思ってるなんて。
ウソ……だよね?
わけわかんないよ。
胸が張りさけそうなほど苦しくて息ができない。
ドクドクと嫌な音を立てる自分の鼓動が、やけに耳に響いていた。
「あー、ホント早く別れろっつーの‼」
──バンッ。
あたしが入っている個室のドアを思いっきり叩かれて肩をビクッと震わせる。
「あんたなんかより、歩美のほうが海君とお似合いなんだよ!」
さらにもう一発、ドンッとドアに衝撃音が響いた。
彼女たちはあたしがトイレに入っているのを知ってて、わざとこんなことを言ってるんだ。
「あんたの浮気で、海君がどれだけ傷ついてるか知らないくせにっ!」
なに……それ。
あたしが浮気してるから……海里が傷ついてる?

ウソだよ、そんなの。

だって、海里から今までそんなことを言われたことなんてないもん。

それにあたしは浮気なんかしてない。

「この男好きっ！」

一方的にののしられて、唇をキツく噛みしめる。

あたしのことなんてなにも知らないくせにっ。

悲しくて悔しくて、涙がジワッと浮かんできた。

いきなりすぎてわけがわからないのと、いろんなことが一気に起こりすぎて頭がパンクしそう。

「マジで目障(ざわ)りだから消えてよね」

心ない言葉と、キャハハハハハと甲高(かんだか)い笑い声を残して、彼女たちはトイレから出ていった。

さっき初めて会ったばかりの人に言われる言葉じゃない。そのうえ、一方的にあたしが悪いと決めつけられて悔しい。

言いわけなんかしたところで信じてもらえるはずがないから、言い返したりはしないけど。

しばらく放心状態のまま個室の中から動けなかった。

海里が歩美っていう子と浮気してる。

電話が嫌いだからってあたしとはしてくれないくせに、歩美って子とは毎日電話して……。

毎日のように家に呼んでるなんて。それに、海里はあたしが浮気してると思ってるって……。

なにそれ。

わけわかんないし。

でも、本当かどうかは本人に聞いてみないとわからない。

落ちついて考えてみると、あの子たちが言ったことに、信憑性(しんぴょう)があるとも思えない。

それなのに、どうしてこんなに胸がザワザワするのかな。

とりあえずもっと冷静になろう。

大きく息を吸って吐いた。

「お前、トイレ長すぎ」

トイレから出たところで海里につかまった。

海里の顔を見ただけで、胸が張りさけそうになる。

ねぇ、浮気なんてウソだよね？

あたし以外の子を……家に呼んでるなんてウソだよね？

考えだしたら止まらなくて、胸が苦しくてどうにかなっちゃいそう。

否定してくれたら、あたしはそれを素直に信じるから。

お願いだから、違うって言ってよ。

そんなのでまかせだって。

頭のなかでモヤモヤと考える。

「帰るぞ」

「え……？　もう？」

「なに？　もっとここにいたいわけ？」

「いや……そういうわけじゃないよ」

「だったら文句言うなよ」

「…………」

足早に歩く海里のあとをトボトボ追って歩く。

「また遊ぼうねー！」

　みんな明るく笑って手を振ってくれたけど、愛想笑いを浮かべる気力が残っていなかったあたしは、軽く会釈してその場を離れた。

　海里のうしろ姿を見ているだけで、胸が苦しくて涙が出てくる始末。

　疑いたくなんかないのに、さっきの彼女たちの言葉がどうしても頭から離れない。

「このあと俺んち来る？」

　海里が振り返ってあたしに聞く。

　友達といた時は楽しそうだったのに、今はなんとなくピリピリしたオーラを放っている。

　とてもじゃないけどそんな気分にはなれなくて、小さく首を横に振った。

「ふーん、あっそ」

　拒否したのが気に食わなかったのか、突きはなすような冷たい声が聞こえた。

　その言葉は鋭い刃物のようにあたしの胸にグサリと突き刺さる。それと同時に、その痛みが躊躇していた私の背中を押した。

「さっき……女の子たちが、海里が歩美っていう子と浮気してるって言ってた。毎日家に呼んでるって、ホントなの？」

　このままじゃモヤモヤしてらちがあかないから、覚悟を決めて聞いてみた。

ほかの人に心変わりしたのなら、このまま海里と一緒にいても無意味だから……。
　あたしは……あたしだけを愛してくれる人がいい。
　あたしだけの居場所がほしいから……。
「ホントだっつったら、おまえは俺と別れんの？」
「え……？」
　予想だにしない答えに目を見開く。
　空気が一気に凍りついたような気がしてドキッとした。
　鋭くあたしをにらみつける海里の視線が痛い。
「そんなの……わかんないよ。でも、本気になったって言うなら別れる」
「遊びならいいってこと？」
「違うよ。よくないに決まってるじゃん」
　なにを言ってるの？
　海里の言いたいことがわからないよ。
「結愛はどうなんだよ？　いろんな男と浮気してんじゃねーの？」
　より鋭くなった目つきと低い声にヒヤッとさせられる。
　やっぱり疑ってたんだ。でも、どうしてこんなことを聞かれるのか、納得がいかなかった。
　数時間前まではすごく幸せだったのに、思いもよらない出来事が起こって形勢逆転と言ったところ。
　疑われて、かなりショックだ。
「浮気なんか……してないよ」
「ウソつくなよ。中学ん時、俺と付き合ってる間もいろん

な男とウワサがあっただろーが」
「そうだけど。そんなの、でまかせに決まってるじゃん」
　そう言ったあと、フッと鼻で笑われた。
「そんなの、信じられるわけねーだろ」
　──ズキン。
　胸が痛くて苦しくて。
　たちまち涙が込みあげた。
　間抜けなあたしは、今になってやっと海里の本音に気がついた。
　あたしはバカだったのかな。
　なんで気づいてあげられなかったんだろう。
　海里の前でヘラヘラ笑ってただけの自分がバカみたい。
　海里は今までなにも言わなかったから、あたしを信じてくれてるんだって思ってた。
　それなのに……ずっと疑われてたなんて。
　いちばん信じてほしかった人に疑われていたのは、本当にショックだった。
　今も……海里の目からは、あたしをまるっきり信用していないことが読みとれる。
　海里はずっと、あたしが浮気してると思ってたの？
「なんで……言ってくれなかったの？」
　その時に言ってくれてたら、誤解は解けたかもしれないのに。
「そんなこと言えるわけねーだろ……」
　冷たく淡々と返される言葉に心が痛む。

「そっか……ごめんね」
　言葉が見つからなくて、謝ることしかできない。
　あたしが言えなくさせちゃってたのかな。
　海里の浮気を問いただしていたはずが、いつの間にか聞ける雰囲気じゃなくなった。
　普通なら怒って問いつめるところなんだろうけど、疑われていたことがショックだったのと、真実を聞いてしまったら立ちなおれない気がして勇気が出ない。
　しつこく問いつめて海里にまで嫌われちゃったら、あたしは絶対に生きていけなくなる。
　あたしには海里がいなきゃダメなんだ。
　好き……だから。
　ふたりとも黙りこみ、会話が途絶えた。
　あいまいなまま話は終わってしまったけど、海里はきっとあたしを信用してはいないだろう。
　浮気してるって思われてる。
　失った信用を取りもどすのは時間がかかるっていうけど、どうやったら信用してくれるんだろう。
　やだよ。
　このまま疑われつづけるなんて。
　ピリピリした空気があたりを包むなか、海里は無表情にスマホをイジっていた。
　画面に指を置いてそれを器用に動かし、なにやら文字を打っている。
　チラッと見えた画面はメッセージアプリのようだった。

メッセージアプリで誰かとやり取りしてるんだ？
　　あたしにはしてくれないのに……誰と？
　　胸がヒリヒリ痛む。
「か、海里……！　やっぱり家に行ってもいい？」
「あー、わり。ちょっと用事ができたから、ムリになった」
　　海里はチラリともあたしを見ることなく、誰かに返事を打ちながら淡々と返す。
　　用事ってなに？
　　歩美って子と会うの……？
　　聞きたいのに聞けない。
　　唇をキュッと噛んで、涙が出そうになるのを堪える。
　　嫌われたくないし面倒くさい女だって思われたくないから、深く詮索しちゃいけない。
　　小さい頃から人の顔色をうかがうのが得意だったあたしは、海里がどういうことをされたら面倒だと思うのかを心得ているつもり。
　　だから今まで怒らせないように、ウザがられないように、海里に釣りあった彼女でいられるようにがんばってきた。
　　海里の前で泣いちゃいけない。
　　我慢しなきゃ、海里に嫌われちゃう。
　　だけど、瞳にあふれた涙がすぐにでもこぼれ落ちそう。
「あ、あたし……ここからひとりで帰るから。また空いてる日があったら教えて？　じゃあね、バイバイ」
　　海里の横を通りすぎたその瞬間、涙がポロポロとこぼれ落ちた。

頭のなかがぐちゃぐちゃで、今日のことが全部夢だったらいいのにとさえ思う。
　あたしはそのまま振り返ることなく走りさった。
　海里は無言のままなにも言ってくれなかったけど、きっとこうするのが正解だったはず。
　だって、その証拠に、追いかけてもこないんだもん。

愛を求めて

　その足で家に帰り、玄関のドアを開けて2階にある自分の部屋に直行した。
　玄関に男物の革靴があるってことは、今日はパパが家にいるってことだ。
　もともと長い出張が多くてほとんど家にいないパパだけど、今回は1カ月くらいで帰ってきた。
　2、3カ月したらまた出張に行くんだろうけど、長いと半年くらい帰ってこないこともある。
　あたしには中1と幼稚園の弟がいるけど、ふたりとは半分しか血がつながっていない。
　実のママはあたしが1歳の時に病気で亡くなり、今の母親はあたしが3歳の時にパパが再婚した継母だ。
　弟ふたりは正真正銘、今の母親とパパの子だけど、あたしだけは違う。
　だけどママの顔や温もりを覚えていなかった当時のあたしにとって、新しい母親の存在ができたことはなによりもうれしかった。
　でも、いつからかな。
　最初は優しかった母親も、弟を産んでしばらくしてから、あたしに対する態度が変わった。
『お姉ちゃんなんだから』
『自分のことは自分でしなさい』

『甘えないで』
『見てわからない？　お母さんは忙しいのよ』
　なにかにつけてそう言われつづけ、いつしか母親はあたしに目を向けてくれなくなった。
　小1の時、風邪をこじらせて病院に運ばれた時も、3歳の弟にかかりきりで心配なんてしてくれなかった。
　気を引きたくて必死に話しかけても、あたしに向けられるのは呆れたように面倒くさそうな顔ばかり。
　弟にだけ向けられる、とびっきりの笑顔がうらやましくて仕方なかった。
　あたしを見てって、何度心のなかで叫んだかな。
　願うたびに裏切られて、いつしかそう願うことをやめてしまった。
　ベッドの上にダイブして枕に顔を埋ずめる。
　弟たちとは顔を合わせたら言葉は交わすけど、あたしはほとんど部屋から出ないから、そこまで仲が良いわけじゃない。
　1階のリビングの前を通りすぎた時、にぎやかに談笑する声が聞こえた。
　ふだんならそんなに気にならないのに、今は胸が苦しくて仕方ない。
　どこにいてもあたしはひとりで、どこにもあたしの居場所なんてない。
　あたしは家でも邪魔者なんだ。
　そう突きつけられた気がして苦しい。

さらには海里のことが頭から離れなくて、どうにかなってしまいそうだった。
　——コンコン。
「結愛ちゃん、ご飯は？」
　ドアの向こうから遠慮がちな母親の声が聞こえて、背筋がピンと伸びる。
　あたしのことを邪魔者扱いしてるくせに、パパがいる時だけいい人ぶったりしないでよ。
「お父さんがあなたに会いたがってるから、１階におりてらっしゃい」
　ドアの向こうから聞こえる声に、激しく胸が締めつけられる。
「体調悪いから……今日はもう寝る」
「そう？　なら、お父さんに伝えておくわね」
　母親はそう言いのこして階段をおりていった。
　期待していたわけじゃない。
　だって、期待するだけムダだから。
　あたしの心配なんて……してくれるはずがないんだから。
　だけど胸が痛いのは、あたしのなかにほんのわずかな期待があったからだ。
　いつしかあきらめるようになってしまった。でも、ほんのわずかな期待がまだ残っている。
　たった一言『大丈夫？』って、そう言ってほしかった。
　胸が苦しくて涙が込みあげてきた。

やっぱりあたしは……邪魔者なんだ。
普通なら無条件でもらえる、たったひとりの人からの愛情がほしい。
ママ……どうして死んじゃったの？
ママからの愛がほしかった。
カバンを探ってスマホを見たけど、いつもと変わらない待ち受け画面がそこにあるだけで海里からの連絡はない。
わかってたことだけど苦しくて切ない。
今頃、誰となにをしてるの？
海里……っ。
大好きな海里にまで裏切られたら、あたしはこの先どうすればいいのかな。
なにも考えたくないのにあれこれ妄想しちゃって、涙が止まらなかった。

次の日もその次の日も、海里からの連絡はなかった。
さみしくて苦しくて胸が張りさけそうななか、授業中もずっとスマホばかりが気になって仕方ない。
『今なにしてるの？』
メッセージを打って、そのまま画面を見つめる。
そう聞きたいのに、返事が返ってこないことを考えたら送信ボタンを押す手が自然と止まっていた。
ため息を吐きながら、机の中に忍ばせたスマホを見つめる。海里はもう、あたしのことなんて好きじゃないのかも……。

そんなことが頭をよぎるたびに、涙が込みあげて胸が張りさけそうになる。
　浮気なんて……してないよね？
　あたしだけだよね？
「如月さん。あなた、授業中にスマホばかりさわってどういうつもりなの？」
　ハッとした時には遅かった。
　先生が目の前にいて、鋭い視線であたしをじっと見下ろしている。
　蔑むような冷たい瞳。
　気づけばクラスメイトからの注目を集めていた。
　面白いものでも見るかのように、みんながあたしを見ている。
　つまらない世界。
　こんなところにいるくらいなら、いっそのこと消えてなくなりたい。
　生きてたって、楽しいことなんてなにもない。
　苦しいだけだもん。
「聞いてるの？」
　いつまでも答えないあたしに、先生は腕組みしながら呆れ顔を見せる。
「……すみませんでした」
「本当に悪いと思ってるの？　昨日もずっと上の空だったわよね？」
「すみません……」

「謝れば許されるとでも思ってるの？　まったく、最近の子は。これだから」

授業中にスマホをさわってる人はたくさんいる。

だけどこの先生は、いつもあたしを目の敵にするんだ。

「せーんせ。次の問題、俺が答えてもいい？」

ガミガミうるさいお説教のなか、のんびりした明るい声が響いた。

声の主は爽やかに笑う長谷川君。

「長谷川君、あなたこの問題がわかるの？」

「俺のことバカにしてないっすか？　俺だって、やる時はやるんです」

「そこまで言うなら、やってみなさい」

先生はあたしに「次に見つけたら没収するわよ」と言いのこし、教卓へと戻っていった。

視線を感じて顔を上げると、長谷川君と目が合い、なぜかニコッと微笑まれる。

あのままだと、確実にお説教は長引いていただろう。

もしかして……助けてくれた？

いやいや、ありえないよ。

他人に興味のない長谷川君が、私を助けるなんて。

きっと、彼の気まぐれに違いない。

そのあと授業に集中しようとしてみたけど、やっぱりスマホばかりが気になって仕方なかった。

来るわけないってわかっていても、海里からの連絡を期待してしまう。

来ていないのを確認してはため息の連続。
嫌われたんじゃないかって、そんなふうにしか思えない。
ほかに打ちこめることがあったら少しは気がまぎれるかもしれないけど、今のあたしのすべては海里だった。
「あ、ねぇ如月さん……！」
え……？
最後のロングホームルームの時、スマホばかり気にしていたあたしに誰かが声をかけてきた。
ビックリして思わず目を見開く。
だって、こんなことは初めてだったから。
「研修の班なんだけど、よかったら一緒に組まない？」
「え？　あたしと……？」
目の前にいるふたりの女子は、クラスのなかでも目立つ部類の人。
あたしなんかに声をかけなくたって、組んでくれる人はたくさんいるだろうに。
どうして……？
「うちら、如月さんと話してみたくてさ‼　でも、なかなか声をかけるタイミングがなくてね」
「そうそう！　まだ決まってないなら、一緒になろうよー！」
「あ、ねぇ、前から聞きたかったんだけど！　ファンデーションってどこのやつ使ってんの⁉」
「どうやったらそんなに綺麗なお肌になるのか、秘訣を教えてー！」

ふたりそろってテンションが高く、雰囲気に圧倒されてしまう。
「あ、ごめんねー！　あたしは未知瑠だから、みっちって呼んで」
　そう言ってニカッと笑ったのは、ゆるくウェーブがかかったハニーブラウンの髪が特徴的な子。
　ナチュラルメイクがよく似合ってて、とてもかわいらしい顔立ちをしている。
「あたしは麻衣美だから、マイでいいよ」
　そう言ったのは、つやつやの黒髪が印象的な美人な子。
　目鼻立ちがスッキリしてて、清楚な大和撫子風の日本美人だ。
　見た目からは控えめな印象があるけれど、話しかけられた限りじゃそうは思えない。
　結局、有無を言わさない彼女たちの勢いに負けて同じ班になることを了承した。
　あたしはずっと自分にバリアを張っていたけどそれを破って近づいてきた、あっけらかんとしたふたりの態度に拍子抜けしてしまった。
　なんていうか、本当によくわからない人たちだな。
　人から好意をもたれているかどうかは、ある程度なら表情や目つきや態度から推測することができる。
　いつも嫌われてばかりいたから、そんな態度に慣れてしまっていたあたしは、予想だにしない行動をされると対応しきれなくてとまどう。

そのたびに、簡単に相手を信用しちゃダメだって何度も自分に言いきかせてきた。
　今回も例外じゃない。
　簡単に信用しちゃダメなんだ。
　そう言いきかせて立ちあがり、カバンを肩にかけて黙ったまま教室を出た。
　もうすぐ夏休みか。
　窓の外から射しこむ日差しのキツさと、蝉の鳴き声でしみじみ思う。
　夏休みはうれしいけど、暑いのはやだなぁ。
「結愛っちー！　なんか落ちたよー」
　ゆ、結愛っち……？
　驚いて振り返ると、あたしに向かって「おーい」と手を振るみっちとマイの姿があった。
　ふたりはカバンを抱えて、あたしのもとまで走りよってきた。
「はい、コレ。落としちゃダメじゃん」
「あ、ありが……っ」
　受けとろうとしてビックリした。
　だって、マイが持っていたのは、この前、海里と撮ったプリクラだったから。
　海里が突然キスしてきた時のものだ。
　最悪だよ、落としちゃうなんて。
　は、恥ずかしい……。
　見られた、よね？

「つかぬことをお聞きしますが‼　彼氏とのプリだよね？　めちゃくちゃイケメンだねっ！　みっちホントにビックリしちゃった」
「まさに美男美女カップルだよね！　うらやましい！」
　やっぱり……。
　見られてたんだ。
　キスプリが目に入って、カーッと頬が赤くなった。
　さ、最悪だよ。
　こんなのを人に見られちゃうなんて。
　穴があったら入りたいレベル。
「え？　なに、如月さんって彼氏いるの？」
　プリクラを手にしたままフリーズしているあたしの背後から、誰かが手もとをのぞきこんできた。
　ゆるふわパーマのやわらかそうな髪が、風になびいて頬に当たる。
　思わずドキッとしてしまったのは、クリッとした大きな目がまっすぐにプリクラを見ていたから。
「み、見ないでよ……！」
「えー、いいじゃん。ケチー」
　ヘラッと笑ったその顔はやっぱりどこか冷たくて、あたしに興味がなさそうなのにどうして絡んでくるのかがホントにわからない。

　そんな彼の名前は長谷川大翔。
　前に『生きてて楽しい？』なんて失礼極まりないことを

聞いてきた長谷川君は、あれから時々こうやってあたしに絡んでくるようになった。
　この前の授業の時もそうだ。
「ほらほら、結愛っちが嫌がってるでしょ？　大翔っちはどっか行ってよー！」
「いいじゃん。如月さんって、かわいそうで見てらんないんだよね」
　はぁ……？
　かわいそうで見てらんない？
　なにそれ。
　長谷川君ってにこやかなわりには言うことがキツい。
　同情されてる？
　それとも見下されてるのかな？
　バカにしてるよね……絶対に。
　どちらにせよ、不愉快極まりない。
　だけど、人の顔色をうかがうのは得意だからなんとなくわかる。
　長谷川君はたぶん、あたしのことが嫌いだってこと。
　それなら、ほっといてほしいのに、どうしてあたしに構うの？
　だからこそ、つかみどころがなくてなにを考えているのかさっぱりわからない。
「大翔っち、ホント性格わるーい！　そんなこと言うから、結愛っちが傷ついてるじゃん」
「如月さんが？　ありえないだろ」

ムカッ。

やっぱり長谷川君はあたしのことをバカにしてるとしか思えない。

「もう、だからそんなことを爽やかにサラッと言うんじゃないのー！」

「はは、いいじゃん」

「よくなーい！」

あたしはふたりのやり取りを見つめながら、プリクラをこっそりカバンの中にしまう。

すると、カバンに入っていたスマホが鳴っていることに気づいた。

『着信　海里』

画面に映った文字を見て胸が高鳴る。

今まで悩んでいたことや不安な気持ちが一気に消しとんで、ふつふつとうれしい気持ちが込みあげた。

あたしって、やっぱり単純だ。

「ご、ごめん。帰るね！　バイバイ」

早く電話に出たくて、あたしはその場から駆けだした。

やっと来た。

待ちのぞんでいた海里からの連絡が！

うれしくてうれしくて胸が弾む。

「もしもし！　海里？」

階段を駆けあがって、ひと気のない屋上(おくじょう)のドアの前まで来たところで電話に出た。

「今から会える？」

電話越しに聞こえる海里の声に、数日しか経ってないのに懐かしさが込みあげて、たったそれだけで泣きそうになった。
　好きだよ、海里。
　胸の奥が締めつけられて苦しい。
　海里への想いがどんどん募っていく。
　……会いたい。
　会えばきっと、大丈夫。
　安心できるから。
「うん、どこに行けばいい？」
「じゃあ俺んち来て」
「うん」
　きっと大丈夫だよね。
　海里とこれまでみたいに一緒にいられる。
　なにも心配することなんてない。
　なにもなかったフリをして笑っていれば大丈夫。
　やっと見つけたたったひとつの居場所を、失いたくないんだ。
　学校を出て駅までダッシュした。
　早く海里に会いたくて、電車に乗っている時間さえもがもどかしい。
　早く早く。
　早く会いたい。
　海里に会えば、これまでの不安は綺麗サッパリなくなるに決まってる。

海里の家は駅から徒歩5分くらいのところにある。
　小学校から一緒のあたしたちは地元が同じで、家も徒歩10分の距離。
　あたしの家は一軒家で、海里の家はマンションだ。
　海里はひとりっ子で、共働きの両親は毎日夜遅くまで帰ってこない。
　両親とは2、3回しか会ったことがないけど、お父さんとお母さんは笑顔がよく似合うとても優しい人だった。
　途中のコンビニでお菓子やジュースを購入してから、海里の部屋に向かった。
　マンションのオートロックの前まで来ると、201号室のインターホンを鳴らして返事を待つ。
　しばらくしてロックが解除されると、ドアを押して中に入った。
　階段で2階に上がって廊下をまっすぐ進めば海里の部屋に着く。
　階段を上がりきってから角を曲がったところで、向こうから来た人とぶつかりそうになった。
　反射的に避けようとしたけど、避けきれなくて少しだけ肩がぶつかった。
「す、すみません」
　そう言いながらふと顔を上げると、そこには海里と同じ高校の制服を着た小柄な女生徒がいて。
「い、いえ。こちらこそごめんなさい」
　ぺこりと頭を下げられた。

そのあとすぐに顔を上げた彼女は、目を瞬かせてマジマジとあたしを見つめる。
　そして、一瞬だけ大きく目を見開いた。
　色素の薄い栗色の髪に、透きとおるような白い肌がすごく綺麗。
　目が大きくてかなりかわいいおっとり系の女の子。
　みるみるうちに顔色が青ざめていったその子は、目を潤ませながら必死に歯を食いしばっている。
「あ、あの……どうかしましたか？」
　な、なに？
　いきなりどうしたの？
「だ、大丈夫ですか？」
　具合いでも悪いのかな？
　大きな目からは今にも涙がこぼれ落ちそうで、黙って見ていられなかった。
「だ、大丈夫……です！　す、すみません、失礼しました……っ」
「え？　あ……」
　あっという間に走っていってしまい、小さな背中は見えなくなった。
　いったいどうしたっていうんだろう。
　間違いなく、泣きそうだったよね？
　嫌なことでもあったのかな？
　ぼんやりと考えながら、海里の部屋まで急いだ。
　インターホンを鳴らすと、スウェット姿の海里が出迎え

てくれる。
　今まで寝てたのか、寝ぐせがついた髪がピョンと跳ねていて笑ってしまった。
　目もトロンとしてるし、まだそうとう眠そう。
「入れば」
「うん、お邪魔します」
　ローファーを脱いで部屋に上がる。
　海里の部屋は玄関のすぐそばにある10畳ほどの洋室。
「あ、海里の好きなジュース買ってきたよ」
　まだ夕方だというのに鮮やかなモスグリーンのカーテンが引かれた部屋の中は、薄暗くて目があまり慣れないせいかよく見えない。
　角部屋のおかげで西日がキツい海里の部屋は、夏は基本的にカーテンが引かれている。
　ローテーブルの上に買って来たジュースを置いて、さらにビニール袋の中からお菓子を取りだす。
「サンキュー。ちょうど喉渇いてたとこ」
「お菓子もあるからね」
　テーブルの近くのラグの上に座って、自分用に買ったオレンジジュースのフタを開ける。
　よかった。
　いつもの海里だ。
　なにも変わらない。
　あたしたちは、なにも変わってない。
　きっと、ずっとこのままでいられる。

「そういえば、さっきすっごいかわいい子とすれ違ったよ」
「…………」
　海里は興味のない話は基本的にスルーする。
　だから、ただ興味がないだけなのかと思ってた。
　だってほかに疑いようもない。
「海里と同じ高校の制服着てたけど１年生かな？」
「……さー。なんでそんなこと気にするわけ？」
「あ、その子とぶつかっちゃって目が合ったの。そしたら、なんか泣きそうな顔になっちゃったから、なんとなく気になって」
「…………」
　海里はそれ以降なにも言わなかった。
　だからあたしも、とくに気に留めることなくオレンジジュースに口をつけた。
　海里はベッドに寝転（ねころ）んだまま、なにやらスマホをイジっていて、せっかく会ったっていうのにあたしには目もくれない。
　……一緒にいるのに、なんだかさみしいよ。
　こんなに好きなのは、あたしだけ……？
　海里も同じように好きでいてくれてるよね？
　会わなかった間、あたしのことを考えてくれたりした？
　あたしは毎日考えてたよ。
　本当はさ……毎日声を聞きたい。
　メッセージのやり取りだってしたい。
　あたしと同じくらい、海里からの好きがほしい。

連絡がないと不安でたまらなくて、ひとりぼっちな気がしてすごくさみしい。
　胸が……苦しいんだよ。
　さっきから小難(むずか)しい顔でスマホをさわっている海里が気になって仕方なかった。
　あたしといる時は、あたしだけを見てほしいなんてワガママかな。
　だけどせめて一緒にいる時くらい、スマホをさわるのはやめてほしい。
　思ったって言えないから、今日も本音は心の奥にしまっておく。
　本音を隠(かく)して生きるのには慣れてるから、こんなのはどうってことない。
　だからあたしたちは、今まで言いあいになったりケンカしたりすることもなく順調にやってきた。
『今すぐ会いたい』とか『さみしい』とか。
　海里はたぶん、そんなことを言われるのは面倒くさいと思うタイプだろうからワガママだって我慢した。
　海里の気に障らないように言葉だって選んだし、デートのたびにオシャレも抜かりなくやってきた。
　嫌われないようにうまく生きて、やっと見つけたあたしの居場所。
「誰とやり取りしてるの？」
「んー、高校の女友達」
「え……？」

女、友達……？
　あまりにもシレッと言うもんだから、思わずポカンとしてしまった。
　べつに女友達がいたって不思議じゃないけど、彼女のあたしにさえ面倒だからってメッセージや電話をしない海里がどうして？
　そう考えたら冷静じゃいられなかった。
「女友達って……誰？」
「歩美」
　首をかしげたあたしに、海里が追い打ちをかける。
　歩美って……浮気疑惑の？
　え？
　待って。
　わけわかんないよ。
　なんでそんなに堂々と言うわけ？
　鼓動がドクンドクンと音を立てる。
　あたしにはしてくれないくせに……っ。
　張りさけそうなほどの胸の痛みに、歯を食いしばって必死に耐えた。
　なんで
　……嫌だ。
「好き……なの？」
　驚くほど冷静な声が出たことに自分でビックリする。
　ここで泣いたら面倒な女だと思われる。
　そんな思いが、あふれそうになる涙をギリギリのところ

でせき止めていた。
「うんって言ったら、俺と別れんの?」
　いつだって海里はズルい。こんな聞き方をされても答えられるわけなんてないのに。
　あたしが別れたいなんて思うはずないじゃん。
　だけど言えない。
　海里が歩美という子を好きなら、あたしは泣いてすがったりなんかしない。
　ツラいけど潔く身を引く。
　そうすることを、海里はきっと望んでるから。
　こんな時でもあたしは、海里に面倒な女だと思われないように必死だ。
　はは……バカみたい。
「海里が……そうしたいんなら」
　そうとしか返せなかった。
　だって、あたしには引き止めることなんてできない。
「おまえはいつだって俺任せだよな。おまえの本音はどうなんだよ?」
　ベッドに寝転んでスマホをイジっていた海里は、起きあがってあたしの目の前に腰を下ろした。
　寝ぐせがついたキャラメルブラウンの髪からシャンプーの匂いがして、こんな時なのにドキッとする。
　だけどなんとなく冷たい空気が、やけに肌に突き刺さって痛い。
「俺と別れたいのかよ?」

「…………」
　なんで？
　そんなわけないじゃん。
　声にならなくて、小さく首を振った。
「じゃあ別れねーから、深く詮索すんな」
「……ごめん」
　そう言い切られてしまい、結局肝心(かんじん)なことはなにも聞けなかった。
　ホントのことがわからなくて胸が苦しかったけど、海里があたしと別れることを選ばない限りはそばにいたい。
　離れたくない。
　海里はあたしの居場所だから。
　それって間違ってるのかな？
「わり。これから行くとこできたから、もう帰ってくんねー？」
「え、でも。今来たばっかり……」
「ダチが困ってるみたいだから」
　そう言われて、素直に従うしかなかった。
　深く詮索するな。
　だからあたしはあっさり引き下がった。
　胸のなかに、モヤモヤを残したまま。

さみしさ

　夏休み目前のとある日。
　この暑い時期になんでこんな行事があるのかはわからないけど、クラスのみんなはノリノリだった。
　クラス仲を深めるために行われる1泊2日の親睦研修。
　バスで山奥にある宿泊施設に行って自炊したり、ハイキングをしたりして仲を深めるらしい。
　くだらなすぎて行きたくなかったけど、この研修に参加しないと夏休みに補習を受けなきゃいけなくなるから嫌々ながらも参加した。
　最初は騒がしかったバスの中も、朝が早かったせいか今では寝てる人がほとんど。
　あたしは窓側の席で頬づえをついて、外の景色を眺めていた。
　山奥にある施設なだけあって、急カーブの山道が果てしなく続いている。
　配られたしおりに記された到着時刻は10時半だったから、あと30分弱はこの道が続くというわけだ。
　バスがあらゆる方向に揺れるたびに、胃のあたりからうっとなにかが込みあげる。
　できるだけ遠くのほうを見るようにしていたけど、あまりにも激しい揺れには効果がなかったみたい。
　や、ヤバい。

これ以上揺れたら……。

吐きそう。

ムカムカして気持ち悪いよ。

隣が空席だからそこに寝転ぼうかとも考えたけど、身体を平行にしてしまうとよけいに気持ち悪くなりそうだったからやめておいた。

やっぱりシートをうしろに倒すしかないかな。

そう思って、そっと振り返った。

まうしろに座っていたのは、クラスでも目立つグループにいる辰巳君。

辰巳君は誰がどう見てもうらやむほどの美貌の持ち主。

同級生はもちろん先輩からもモテモテで、長谷川君と並んで歩いていると、女の子が絶えず寄ってくるというウワサがある。

時には校門で中学生らしき女の子が待ち伏せしてたり、大人っぽい大学生の女の人と一緒にいたりするのを見た人がいるとかなんとか。

とにかくこのふたりは、同級生や先輩から一目置かれている存在。

あたしとは違って、キラキラまぶしい光のなかにいる。

そんな辰巳君の隣には……。

げっ。

長谷川君が座ってるし。

辰巳君は寝てたけど、長谷川君はイヤホンを耳にして音楽を聴いていた。

「どうかした？」
　あたしの視線に気づいた長谷川君が、イヤホンを外して首をかしげながら聞いてくる。
「ごめん、少しだけシート倒してもいい？」
　本格的にヤバくなってきたせいか、額から冷や汗が流れおちた。
　うえっ。
　ホントに気持ち悪い。
「顔色悪いけど、体調悪い？」
　長谷川君が心配そうに聞いてくる。
　いつもはつかみどころがないくせに、こんな時だけ心配そうにするのはやめてほしい。
　調子が狂うじゃん。
　いつもみたいに、冷たく笑ってくれたらいいのに。
　そんな顔されたら、本音がもれちゃうよ。
「少し……酔っちゃって」
　弱みなんて誰にも見せたくないのに……自然とそう口にしていた。
　耐えられなくなって座席に腰を下ろし、シートを倒した。
　目を閉じて右腕で顔をおおう。
　目を閉じたとたん、ぐるぐるフワフワしはじめる。
　吐いてスッキリしたいけど、バスの中じゃ人の目もあるからガマンせざるを得ない。
　込みあげてくるものと必死に戦っていると、突然頬にヒヤッとした冷たい物が当たった。

「な、なに……っ？」
　ビックリして思わず身体を起こす。
　すると、シートを倒した隙間から凍ったペットボトルが差しだされていることに気づいた。
「驚かせてごめん。苦しそうだったから、冷やせばスッキリするかと思って」
　長谷川君が心配そうにあたしの顔を見つめる。
　本気で……心配してくれてるの？
　なんでこんな時だけ……。
「はい」とペットボトルを渡され、とまどいながらも思わず素直に受けっとってしまった。
「首もととか顔とか冷やすのに使っていいから」
「で、でも」
「いいから。酔ってんだろ？　そのツラさ、すっげーわかるし。俺もよく酔うしさ」
「あ、ありがとう」
　思いがけない優しさに最初はとまどってしまったけれど、あとからジワジワと温かい気持ちが込みあげてきた。
　あたしが思うほど、悪い人じゃないのかもしれない。
　受けとったペットボトルをおでこに当てて目を閉じる。
　そのおかげなのかはわからないけど、宿泊施設に着いた時にはずいぶん吐き気が治まっていた。
「結愛っちー、バス酔いしたんだって？」
「大丈夫なの？」
　バスから降りて新鮮な空気を吸っていたところに、うし

ろから走ってきたみっちとマイが声をかけてくれた。
　ふたりとも心配そうにあたしを気づかってくれる。
「う、うん。大丈夫だよ」
「ホントに？　まだ青白い顔してるし、野外炊事はムリしなくていいからね」
　みっちが不安そうに眉を下げる。
　ハニーブラウンの髪をシュシュでひとつに結んでいて、今日はとてもスポーティーな感じだ。
「なんなら座っててもいいし、カレー作りはうちらに任せてよ」
　マイが自分の胸をトンッと叩きながらニッコリ笑う。
　ふたりの優しさが胸に響くのは、弱っている今だからこそで、ふだんのあたしなら揺らいだりはしないのに。
　こんなことで泣きそうになるなんて、ホントに今日のあたしはどうかしてる。
　長谷川君の思いがけない優しさとか、みっちとマイの温かい思いやりがうれしくてたまらない。
　ホントはね……こんなふうに、あたしは誰かに優しくされたかった。
『大丈夫？』って、手を差しのべてくれる人の存在を求めてた。
　信じてみてもいいのかな？
　怖いけど、本当は人を信じたいんだ。
「ほら、早く荷物置きにいこっ！」
　みっちに腕をグイグイ引っぱられて転びそうになった。

「みっち！　結愛は具合が悪いんだから乱暴にしないの」
「はーい、ごめんなさーい」
　呆れ顔のマイにみっちが素直に謝る。
　なんだか、子どもとお母さんみたい。
　頼もしいふたりの存在が、なによりも今は心地いい。
　裏切られた時のことなんて考えられないほどに。
　信じてみても……いい、よね？
　まずはこのふたりを信じたい。
「ふたりはホントに仲良しなんだね」
　思わずクスッと笑うと、ふたりは目を見開いて驚いたような顔を見せた。
　な、なに？
　あたし、なんか変なこと言ったかな？
「ゆ、結愛っちが笑った！　ヤバい、超かわいい！」
「う、うんっ！　初めて笑った」
「え!?　そ、そんなことないよ」
「そんなことある！」
　ふたりの声がみごとに重なった。
　うっ。
　声をそろえて言われてしまい、返す言葉が見つからない。
　たしかに教室ではあんまり笑ってなかったかもしれないけれど、ここまで大げさに騒ぎたてるようなことなのかな。
「結愛っちの笑った顔ヤバいよー。なんかみっち、久しぶりにキュンとしちゃったもんっ」
「キュンって……！　乙女か！」

「乙女ですー!」
　ふたりのやり取りが面白くてさらに笑ってしまった。
　こんな関係に憧れる。
　包みかくさずになんでも言いあえる関係。
　ふたりはあたしにないものばかりもってるから、すごくうらやましかった。
　荷物を持って施設に入ると、いったん部屋に入って一息ついた。
　しばらくして3人で玄関ホールに行き、班ごとに並んで整列する。
「並んだら全員口閉じろー!」
　なかなかみんなが静かにならなくて、先生は大声を張りあげていた。
　あたしたちの班は女子はみっちとマイとあたしで、男子は長谷川君と辰巳君と綾瀬君の3人。
　男女混合班なうえになにをするにも班行動だから、嫌でも一緒にいなきゃいけない。
　班長はしっかり者の綾瀬君だから言うことはないけど。
　長谷川君と辰巳君と一緒だなんて、うまくやれるかなり不安。
「顔色よくなったな。もう大丈夫?」
　トントンと肩を叩かれたかと思うと、長谷川君がニッコリ笑って言った。
「あ、うん。さっきはありがとう」
　本当にツラかったから、長谷川君の気づかいが心からう

れしかった。
「どういたしまして」
　爽やかに笑った長谷川君は、あたしが思うほど冷たい人じゃないのかもしれない。
　だけどふとした時に見せる表情に違和感を感じるのもたしかで。
「ツラいなら、座っててもいいよ。俺らだけでできると思うし」
「大丈夫だよ。もうほとんどスッキリしたから」
「そう？　でも、あんまムリすんなよ。途中で倒れられても困るし」
　長谷川君はそう言って、辰巳君の所へ行ってしまった。
　優しいんだか優しくないんだか、よくわからない人だ。
　それから班での野外炊事がはじまった。
　かまどはおもに男子が担当して、女子はお米をといだり野菜を切ったり。
「ねえ、ねえ、結愛っち、マイ！　あたしね、今日こそ玲司に告白する！」
　にんじんを切りながら、握り拳を作って覚悟を決めるみっち。
「玲司って誰……？」
「がんばれー」と応援するマイの横で、あたしは首をかしげた。
「綾瀬だよ、綾瀬玲司！」
「ああ、綾瀬君ね」

そっか。

下の名前を知らなかったから、誰だかわからなかった。

綾瀬君は、長谷川君や辰巳君と一緒にいる目立つ部類の男子。

黒髪で爽やかな青少年って感じ。

「大翔っちとリュウっちと玲司とは、中学が同じなんだ」

みっちはニコニコしながら綾瀬君のことを話しだした。

綾瀬君とは中２の頃から同じクラスで、ずっと片想いしてるんだとか。

話の流れからすると、リュウっちっていうのはどうやら辰巳君のことらしい。

ダメだ。

クラスメイトの名前を覚えてないから、下の名前だけを出されたら誰のことだかわからない。

ちゃんと覚えなきゃね。

そんなことを思いながら、切った野菜を鍋の中に投入した。

「結愛っちは彼氏とどんな感じ？」

キラーンと目を輝かせてみっちが聞いてくる。

その瞬間、ドクンと鼓動が跳ねあがった。

「どんなって言われても、普通……かな」

だって、ほかに言いようがない。

思わせぶりなことを言って、深く詮索されるのも嫌だ。

今話したら、きっと泣いちゃうから……。

海里のことを考えると、急激に気分が沈みはじめた。

海里の部屋であいまいにかわされてからというもの、頭のなかには常に歩美の存在がある。
　電話もメッセージも相変わらず来ないし……。
「ラブラブなんだよね？　付き合ってどれくらいなの？」
「２年、だよ」
「ええー？すごーい！　純愛だね⁉　２年も付き合ってたら、やることやっちゃってる感じ？」
「や、やることって……っ」
　みっちのせいで恋バナに火がつき、なぜか今度はあたしが質問攻めにあう始末。
　しどろもどろになっていると、かまどのほうから長谷川君がやってきた。
「クソ暑いー！　夏に火なんておこすもんじゃねーし！」
　ブツブツ言いながら、首にかけたタオルで額の汗をぬぐっている。
「騒がしかったけど、なに話してたんだよ？」
「結愛っちの恋バナだよー！　今の彼氏と２年も付き合ってるんだって！　すごくなーい？」
「へぇ」
「み、みっち！　変なこと言わないで！」
　思わず声が大きくなる。
　長谷川君には聞かれたくない。
　自分のことをよく知りもしない人に知られるのは、苦手なんだよ。
　ましてや、ポーカーフェイスでつかみどころのない長谷

川君だよ？
「あは、ごめんごめん！」
　かわいく舌を出して謝るみっち。
　かまどのほうからはもくもくと煙が上がって、どの班もしっかりと火がついたみたいだった。
「それより、準備できた？　鍋を持っていって大丈夫？」
　具材が入った鍋のフタを開けて中をのぞいた長谷川君に、あたしは小さくうなずいてみせる。
　カレーが入った大鍋を長谷川君が、飯ごうをあとからきた綾瀬君が持っていってくれた。
「あとは男子に任せて、うちらはゆっくり涼もう！　煙くさくなるのはカンベンだしー！　結愛っちの恋バナの途中だしー！」
　いち早くその場に座りこんで、うちわでパタパタ扇ぎはじめたみっち。
　手伝わなくていいのかな？
　任せちゃって怒られない？
　海里だったら、こんなことは他人任せで絶対にしないだろうな。
　マイペースだから、班で行動するのも嫌いだろうし。
　海里に……会いたいな。
　さみしいよ。
　トイレに行くフリをしてスマホを見たけど、海里からの連絡はなかった。
　カレーとご飯が無事にできあがり、班でそれを食べた。

体調が完全には戻っていないせいであまり食べられず、みっちゃマイにかなり心配された。
　ふたりは心の底から本当に心配してくれているみたいで、一緒にいると居心地がいい。
　優しさが胸にジーンとしみて、心のなかに楽しいっていう感情が芽生えつつあった。
　だけど、鳴らないスマホに気分は沈む一方。
　上がったり下がったり、今日はすごく忙しい日だ。
　午後からは全員でウォークラリーをして行事は終了。
　スタンプを全部集めるのにかなり歩きまわって、くたくたの汗だくになった。
　みんなでお風呂に入って髪を乾かして部屋に戻ると、待ち望んでいた海里からのメッセージが来ていた。
『今から会える？』
　たった一言だけど、メッセージが来たっていう事実がうれしくて頬がゆるむ。
『ごめん、今１泊２日の親睦研修中だからムリだよ(;_;)　明日なら大丈夫だけど^ ^』
　すぐにそう返事をすると、画面を開いていたのか瞬時に既読マークがついた。
　せっかく誘ってくれたのに、断らなきゃならないなんて。
　あーあ。
　会いたかったなぁ。
　あーあ……。
『ふーん、そっか。部屋に男連れこむなよ』

え……？
なにそれ。
『連れこまないよ！　男子とは仲良くないもん(*_*)』
『あっそ』
『ホントだよ？(゜_゜)』
『ならそういうことにしといてやる』
『なにそれ(^_^;)』

意味……わかんない。
結局あたしは、信用されてないってこと？
連絡が来たことで舞いあがった気持ちは、一気にどん底に突きおとされた。
海里に冷たくされるたびに、苦しくて切なくて泣きたくなる。
それ以降既読スルーされて、返事が返ってくることはなかった。
なんで返事をしてくれないの？
歩美と会ってるから？
海里こそ……部屋に連れこんでるんじゃないの？
聞きたいけど、聞けない。
そんなことを聞いたら終わってしまいそうな気がして怖かった。
メッセージ画面を見つめていると、喉の奥がカーッと熱くなって視界(しかい)がボヤける。
こんなところで泣いちゃダメ。
「あれ？　結愛っち、どこ行くのー？」

そっと部屋を出ようとしたけど、みっちに気づかれてしまった。
　あわてて涙を拭って愛想笑いを浮かべる。
「喉が渇いたから、飲み物買ってくるね」
「付き合おっか？」
「ううん、大丈夫だよ」
「そう？　気をつけてね」
「うん……ありがと」
　なんとかかわして部屋を出た。
　長い廊下を歩いて１階の大浴場の出入り口前にある自販機に向かう。
　水を買って自販機の前にあった長椅子に座り、ジャージのポケットからスマホを出した。
　やっぱり……来てないよね。
　そう思いながら何気なく画面を開くと、予想に反して海里からの返信が。
　だけど……。
　え？
『早く別れてください』
　その文字に目を見開いたまま固まった。
　なに、これ。
　海里が打ったの……？
　いや、今までの文面からしてそうは思えない。
　それに、唐突にこんなことを言われる意味もわからない。
　もしかして……これは。

なんでかな。

嫌なカンって、こんな時ほどよく働くもんだ。

早く……別れてください。

頭のなかで何度も何度も繰り返される。

あなたは……歩美？

パニックになりながら、無意識に海里に電話をしていた。

信じたくないけど、胸が押しつぶされそうなほど痛くて仕方ない。

きっと、あたしのカンは当たってる。

虚しく響くコール音を聞きながら、スマホを持つ手がかすかに震える。

ドクドクと嫌な鼓動が身体中に響く。

極度の緊張のなか、意識を保つのが精いっぱいだった。

「もしもし」

何コール目かのあとに出た電話の声は、あたしの想像どおりのものだった。

予想していたはずなのに、頭がまっ白になった。

あたしはいったい、なにを言うつもりだったんだろう。

どうするつもりで電話をかけたの……？

こんなの、自分が傷つくだけじゃん。

「あなた……誰？」

なんで海里の電話に出るの？

なんで一緒にいるの？

胸が……息が苦しいよ。

「私……歩美です。海里は今、シャワーを浴びてて」

ズキッと胸が痛んで涙があふれた。
　一気に頬に流れおちて、どうやっても止めることができない。
　知ってるよ。
　知ってたよ。
　あなたが歩美だって。
　海里にはあいまいにかわされたけど、今まであなたの存在に怯（おび）えてきたんだもん。
　苦しいよ。
　胸がギュッと押しつぶされて痛い。
　どうにかなっちゃいそうだよ。
　これ以上なにも聞きたくない。
　知りたくない。
　それなのに疑う気持ちが止まらなかった。
「なに、してるの……？」
　泣いているのがバレないように、必死に平静（へいせい）を装（よそお）って声を出す。
　たしかめたところでさらに傷つくとわかっていても、確認せずにはいられなかった。
　なにしてるって……そんなの、答えはわかりきってるのにね。
　だって、友達といる時にシャワーなんて浴びないもん。
　なにをしているかって、ホントは頭ではわかってた。
　バカみたい……。
　海里から連絡が来たことに舞いあがってた自分が。

自販機で飲み物を買うお風呂上がりの人たちが、通りすぎるたびに好奇の目をこっちに向ける。
　立ちあがってひと気のない場所まで行こうとしたところで、電話の向こうから声がした。
「なにって……わかるでしょ？　海里は、あなたより私が好きなんだって」
　その言葉に、思わず足が止まった。
　あたしより……歩美が好き？
　海里がそう言ったの？
　息が止まりそうになる。
　胸の奥がヒリヒリ痛い。
「私も海里が好きなの。お願いだから……もう別れてください」
　なに……それ。
　なんでそんなことをあなたに言われなきゃいけないの？
　悔しくてさらに涙が出た。
　海里はもう……あたしのことを好きじゃないんだ？
　あたしより……歩美が好きなんだ。
「お願いします……っ。別れてください」
　歩美も電話口で泣いていた。
　でも、必死に涙を隠しているあたしとは違って、飾ることなくありのままにぶつかってくる。
　ある意味、素直で純粋な子。
　バカじゃないの。
　ホント……バカ。

普通、そこまでする？
別れてくださいだなんて言わないでしょ？
そこまで好きなんだ……？
ムリだよ、別れるなんて。
お願いだから、あたしから海里を奪わないで。
居場所を……無くさないでよ。
あたしには海里しかいないんだよ。
我慢できなくなって電話を切った。
これ以上なにも聞きたくない。
傷つきたくない。
もう……嫌だよ。
悔しくて苦しくて涙が止まらなかった。
　――ドンッ。
　自販機の前から離れようと歩きだしたところで、うしろから来た人にぶつかられ、身体が弾かれた。
　力が抜けていたせいで、前のめりに膝から倒れこむ。
「ビビッたー！　いきなり出てくんなよ」
　ぶつかってきた男子が驚いたような声を上げる。
　どことなく聞き覚えがある声だったけど、誰かなんて考える余裕はない。
　っていうか、今そんなことはどうでもいい。
　頭のなかは海里のことでいっぱいだった。
「大丈夫？　ごめんな」
　ヤバい。
　涙を隠さなきゃ。

人に泣き顔を見られるなんて絶対に嫌。
　自分の弱さを見せたくない。
　周囲がボヤけて見えて、指でそっと涙をぬぐう。
　気合いを入れて立ちあがった。
　目の前にいたのは、お風呂上がりなのかタオルを首からかけた長谷川君。
　髪がまだ少し濡れていて、毛先からポタポタと水滴が垂れている。
「おーい、大丈夫か？」
　長谷川君はあたしを見て首をかしげる。
「如月さん？」
「あ、えっと……大丈夫だよ。ごめんね」
「じゃあ」と背を向けてその場を離れようとしたけど、こんな気持ちのまま部屋に戻りたくない。
　こんなざわついた心で愛想笑いを浮かべていられる自信も、うまく話せる自信もない。
　とにかく……静かな場所に行きたい。
　そう思ったら、足が止まってしまっていた。
「なんか、ここ暑くね？　外に涼みに行くけど、一緒に行く？」
　なにかを察してくれたのか、長谷川君があたしの隣に立ってそうつぶやいた。
　答えられずにいると、返事を急かしたりムリに連れだそうとするでもなく、長谷川君はゆっくり歩きだした。
　振り返ることなく、ただまっすぐに。

その背中はついてこいと言ってくれているようで、あたしはトボトボうしろをついて歩いた。
「うわっ、まっ暗だな。なんも見えねーし」
　宿泊施設を出たところから少し離れると、街灯はなくただまっ暗な闇が広がっていた。
　なにも見えないし砂利道で足場も悪いから、闇雲に歩いたら転びそう。
「スマホ持ってくりゃよかった。あ、持ってんだったら足もと照らしてよ」
　言われる前から画面を操作していたあたしは、ライトを点けて足もとを照らした。
　山の中だからなのか、夏だというのに風が冷たくて気持ちがいい。
　木々の葉が風に吹かれてザワザワと音を立てるだけの空間が、今のあたしにとってはなんだかみょうに落ちついた。
「お、んなところにいいもんあんじゃん。ちょっと座ろうぜ」
　いいもん……とまではいかないけど、座れそうな大きな石の上に腰を下ろした長谷川君。
　ちゃんとあたしのスペースも空けてくれて、ここに座れと目で合図された。
　少し距離を空けて隣に座る。とくになにも話すことはなく静かな時間が流れていく。
　長谷川君はなにかを察しているはずなのに、なにも聞いてこない。そんなことにホッとしつつ、頭にはずっと海里のことがあった。

今頃……ふたりは一緒にいるんだよね。
海里と歩美の姿が思い浮かぶ。
悔しい。
悔しくて胸が苦しい。
海里の彼女はあたしなのに。
どうしてあたしがこんなにツラい思いをしなきゃいけないの？
海里のことがさっぱりわからない。
あたしがいらなくなったなら、きっぱり捨ててよ。
急に会いたいとか……そんなこと言わないで。
今まであいまいにしてきたけど、こんな状態がいつまでもつづくわけがないってことは、頭のどこかでわかっていた。
いつかはちゃんと向きあわなきゃいけない。
だけど、そのいつかは今じゃなかった。
少なくとも、あたしのなかでは今じゃなかった。
向きあったら海里とあたしに終わりがくることは目に見えていたから、それを突きつけられたくなかった。
本当はわかってた。
海里の気持ちがあたしから離れていってることも、あたしじゃない誰かと会ってることも。
だけど失いたくなかったから、あたしは向きあうことから逃げてきたんだ。
ひとりぼっちになるのは嫌だよ。
……さみしいよ。

「如月さん」
「な、に？」
「顔上げてみれば？　星が綺麗だから」
「星……？」
　見上げるとそこには、キラキラと無数の星が輝いていた。
「ホントだ……」
　すごく綺麗。
　うつむいてばかりいたから、気づかなかった。
　長谷川君はなにも聞いたり言ってきたりすることなく、ただ座ったまま、黙りこむあたしのそばにいてくれた。

Forever 2

裏切り

 それから夏休みに突入したけど、あたしと海里の関係はいまだにあいまいなままで。
 あの日の歩美との電話のことは話せずにいた。
 あたしから切りだすことなんてできないし、なにより連絡がないんだからたしかめようもない。
 あの日、海里と歩美のふたりはたしかに一緒にいた。
 それはわかってるけど、歩美はあたしと電話で話したことを海里に言ったのかな。
 いや、言えるわけ……ないか。
 もしあたしが歩美の立場だったら、そんな酷いことをした最低な自分を好きな人にさらけ出したくない。
 嫌われたくないって思っちゃうはず。
 海里はたぶん、なにも知らない。
 歩美は……海里の前でどんな気持ちでいるの？
 今も会ってるのかな。
 ——コンコン。
「結愛ちゃん？　いるの？」
 ドアの向こうから聞こえた遠慮がちな声。
 ベッドにうつ伏せになっていたあたしは、一瞬だけ身体をビクッと震わせた。
「なに？」
 ドアを開けることなくそのまま返事をする。

顔を見たくないわけじゃない。
ただ顔を見て話すのが面倒なだけ。
「今夜、お父さんが外食しようかって言ってるんだけどね」
「あたしは行かないよ」
「そ、そう？　でも、お父さん来週からまた出張に行っちゃうし、家族でゆっくり食べられるのは今日くらいしかないからみんなでって」
「行かないってば。あたし、今日は出かけるから」
イライラして少し大きめの声が出た。
あたしなんていないほうがいいでしょ？
そのほうが都合がいいんじゃないの？
あたしに声をかけてくるのはパパがそう言ったからで、自分の意思で言ってるわけじゃないくせに。
あたしのことなんてなんとも思ってないくせにっ！
「そう。なら……お父さんに言っておくから。それと、テーブルの上に夕飯代置いとくわね」
母親がドアから離れていくのが気配でわかった。
もうなにもかもが嫌。
すべてがうまくいかない。
毎日家に閉じこもってばかりいると、ネガティブなことばかり考えちゃって嫌になる。
鳴らないスマホにも、いいかげんうんざりだ。
パーッとしたいのに、そのやり方がわからない。
どうしたら心が晴れるんだろう。
息ができるように……なるんだろう。

ツラいよ。

　夕方、部屋にいるとパパが帰ってきたのが声でわかった。

　母親がうれしそうにスリッパでパタパタと駆けよっていく音まで響いて、本当に嫌になる。

　さらには５歳の弟、風大(ふうだい)までもが「パパ、おかえりー」とうれしそう。

　はたから見たら、うちはまぎれもなく仲良し一家。

　避けているせいか、はたまた避けられているのか、パパとはここ数年まともに話をしていない。

　なにかあるたびに母親伝いに話が来て、パパからはなにも言ってくれない。

　朝とか夜にチラッと顔を合わせても、「おはよう」とか「おやすみ」の挨拶をするだけの薄っぺらい関係。

　パパはきっと、年頃のあたしに関わるのが面倒なんだと思う。

　だから母親に言わせて自分は知らんぷり。

　でももう、それを嘆くあたしはどこにもいない。

　さみしいと思うあたし……そう、どこにもいない。

　幸せそうな一家のなかに、あたしは最初から入ってなかった。

　ただ、それだけ。

　布団を被って耳を塞いだ。

　なにも聞きたくない。

　なにも知りたくない。

　しばらくそうしていると、いつの間にか眠ってしまって

いた。
　目が覚めたら窓の外はまっ暗で一瞬とまどう。
　ベッドから出て耳を澄ますと、1階からはなんの物音もしなかった。
　もう出かけたのかな。
　断っておいてホントに勝手だけど、置いていかれたことに胸が痛む。
　ホント矛盾してるよね。
　リビングに行くと食卓に5000円札が2枚置いてあった。
　いつもあたしが座っている席に1枚と、中1の弟の広大の席に1枚。
　そっか。
　広大もご飯にはついていかなかったんだ。
　もう中1だから、家族一緒は嫌なのかな。
　それにしても、5000円って。
　額が多すぎなのもいいところ。
　夕飯代どころか、一晩中遊べるような金額じゃん。
　ため息を吐きつつ、5000円札をポケットに押しこんだ。
　すると、ちょうどその時ポケットに入っていたスマホが鳴った。
『着信　亜子ちゃん』
　その名前に驚きながら、電話に出る。
「あ、結愛ちゃん？　亜子、今ヒマなんだけどー。よかったら会わない？」
　亜子ちゃんとはゲーセンで知りあった日に連絡先を交換

していたけど、連絡が来たのは今日が初めて。
　突然お誘いを受けて、ビックリしたっていうのが本音だった。
　だけどとくに断る理由もなかったから、軽い気持ちでオッケーした。
　なによりも今は、ひとりでいたくない。
　暇つぶしができる相手なら、誰でもよかった。
　待ち合わせ場所は、みんなで遊んだあのゲーセン。
　海里との思い出がつまったあのゲーセンだ。
　軽くメイクをして髪を巻き、夏休み初の外出だから気合いも入って久しぶりにオシャレもしてみた。
　気分が沈んでいるぶん、オシャレでもして自分を飾らないと笑えないような気がしたから。
「結愛ちゃーん、こっちこっちー！」
　ゲーセンの前に着いた時、こっちに向かって大きく手を振る亜子ちゃんが見えた。
　ピョンピョン飛びはねて、愛嬌たっぷりの笑みを浮かべている。
　夏休みだからなのか、髪を明るい茶色に染めてメイクもバッチリで、さらにかわいくなっている。オレンジと黄色の花柄のワンピースがとても似合っていた。
「急に連絡してごめんね？　太陽にドタキャンされちゃってさー！」
　プクッと頬を膨らませる姿までもが愛嬌たっぷりでかわいい。

亜子ちゃんはきっと、自分の感情にウソをつけない子なんだろうな。
　天真爛漫で朗らかだし、一緒にいて飽きない。
「亜子、お腹減っちゃった。ご飯でも食べにいかない？」
「うん、いいよ」
「やったー！　ハンバーグが食べたいから、この先にある洋食屋さんにしよっか」
　あたしの返事を待つこともなく、そうと決めた亜子ちゃんはさっそく歩きだした。
　強引なところもあるけど、憎めないのはニコニコしててかわいいから。
　洋食屋さんに入ってテーブル席に向かいあわせで座ると、亜子ちゃんはうれしそうにメニューを見はじめた。
「なに食べよっかなー？　結愛ちゃんはお腹空いてる？　あ、勝手にここに決めちゃってごめんね？」
　いや、お店に入ってからそれを言われてもね。
　亜子ちゃんは今さら本当に悪いと思いはじめたのか、あたふたしはじめた。
　もしかしたら、意外と感情で突っ走るタイプなのかも。
　なんて、少しそんなことを思ってしまう。
「空いてるよ。あたしも洋食が食べたいと思ってたから」
「ホント？　よかったー！　亜子、こうと決めたら、人の意見を聞かずに突っ走っちゃうところがあるから」
　えへっ、とかわいく笑った亜子ちゃんを、あたしはやっぱり憎めなかった。

そしてうらやましいとも思った。

こんな時でさえ、あたしは言葉を選んでしまっている。

亜子ちゃんに嫌われないようにって、顔色をうかがってしまっている。

亜子ちゃんみたいに素直に思ってることを言えたらどんなにいいか。

他愛(たあい)ない話をしていても、頭にちらつくのは海里と歩美のこと。

あの日から一度も考えなかった日はない。

そのたびに胸が苦しくて、毎日泣きながら過ごしていた。

亜子ちゃんはいいな。

太陽君とラブラブで。

話を聞いていると、太陽君の優しさとか思いやりが垣間見えてうらやましくて仕方なかった。

それに比べてあたしは……会うことはおろか、電話やメッセージもない。

大切にされて愛されている亜子ちゃんが、心の底からうらやましかった。

海里とのことを聞かれたけど、口にするとよけいに気分が沈むような気がしたからあいまいにかわして愛想笑いを浮かべる。

よかった、あたし、まだちゃんと笑えるじゃん。

一瞬の間をおいて、そんなことにホッとした自分が、心の底から嫌になった。

8月初旬に入り、夏休みもまっただ中。暑さもますます

ピークを迎えた。
　あれからなぜか、毎日のように亜子ちゃんと遊んでいる。
　一度会ってから毎日メッセージでやり取りするようになり、部活もバイトもしてないあたしたちには時間がたっぷりあったから、お互いにいいヒマ潰しだったんだと思う。
　亜子ちゃんはいつも、あたしに「どこ行く？」とは聞いてこない。
　今日はここに行きたい！　と一方的に決めてしまい、強引に連れまわされてばかり。
　ボウリングだったり、カラオケだったり、プリクラを撮ったり、亜子ちゃんの家だったり。
　亜子ちゃんと一緒にいると、海里のことを考える時間が減って楽だった。
「今日はちょっと遠出してみようよ！　電車に乗って、遠くまで行くの」
「遠くまで？」
「そう！　亜子、前から行ってみたかった所があってさ」
　どこだろう？
　そう思いながら聞いてみたけど、亜子ちゃんは行ってのお楽しみね、と言って笑うだけで教えてくれなかった。
　今日は朝からずっと亜子ちゃんと遊んでいて、ショッピングモールをブラブラしていた。夕方になって突然そんなことを言うから何事かと疑問に思った。
　亜子ちゃんはショートパンツにTシャツ姿でラフな格好をしている。あたしはシフォンのふんわりスカートに、ノー

スリーブ姿だった。
　1時間ほど電車に乗ってやってきた場所は、あたしが通う高校の近くの繁華街。
　地元よりもはるかに都会のここには、カラオケやゲーセン、カフェや漫画喫茶なんかがズラリと並んでいる。
　飲食街とかファッションビルも近くにあって、1日いても飽きずに遊べる場所。
「どこ行くの？」
　さっきから10分以上繁華街の中を歩いているけど、人混みにまぎれていっこうに目的地に着く気配はない。
　いつも明るい亜子ちゃんの様子が今日は変で、さっきからずっと黙ったまま。
　なにかあったのかな？
　そう思ってしまうほど、明らかにテンションが下がっていた。
「クラブだよ、クラブ」
「へっ……!?」
　クラブ？
　って、部活のこと？
「ふふっ、部活じゃないよ。結愛ちゃんって天然さんだね。踊ったり騒いだりするほうのクラブだよ」
「え？」
　踊ったり騒いだりするほうのクラブ？
　いや、なんとなく雰囲気的には知ってるけどさ。
　音楽がガンガン鳴って、DJって呼ばれる人がその場を

盛りあげて楽しむアレでしょ？
　正直、かなりビックリした。
　だって、亜子ちゃんはクラブに行くようなタイプには見えないから。
　ホントになにがあったの？
　唇を噛んで必死になにかに堪えようとしている亜子ちゃんに疑問は募るばかり。
「ちょっと……たしかめたいことがあってね」
「たしかめたいこと……？」
「そう。それだけ確認できたらすぐに出るから。お願い、少しだけ付き合ってくれる？」
　いつもは強引にあたしを連れまわしたあとに、「ごめんね」って謝ってくるのに、今の亜子ちゃんは目を潤ませて今にも泣きだしてしまいそう。
　あんまり乗り気じゃなかったけど、ここまで言われたら断るわけにもいかない。
　とにかく、亜子ちゃんがなにをたしかめたいのかが気になったから「うん」とうなずいた。
　慣れない場所に行くのはやっぱり緊張する。
　クラブなんて行ったことない。
　年齢確認とか厳しくチェックされるのかなって思ってたけど、入場料を払うとすんなり入ることができた。
　どうやらここは身分証を提示しなくても入れるクラブらしく、未成年の学生が多いところらしい。
　中には簡単に入れるものの、アルコールを買う時は身分

証を見せなきゃいけないみたいだけれど。
　地下に向かって階段をおりていくと、ロッカールームがあってふたりで緊張しながら荷物を預けた。
　亜子ちゃんも慣れていないらしく、表情が固くて動きがぎこちない。
　きっと、それだけが理由なんじゃないんだろうけれど。
　フロアのほうではアップテンポの明るい音楽がガンガン鳴って、低音が胸にズンズン重く響いてきた。
　薄暗くて見えにくいなか、なんとかフロアに出たあたしは目の前の光景に呆然とする。
　なんだか、別世界に来たみたい。
　ぎゅうぎゅうに人がつまったフロア。
　他人と身体が激しくぶつかっても、みんな気にすることなく笑顔で踊っている。
　天井から吊り下げられたミラーボールがくるくる回って、フロアにある色とりどりのライトがたくさんの笑顔を映しだしていた。
　そんななか、キョロキョロしはじめた亜子ちゃん。
　この様子からすると誰かを探しているんだろうけど、これだけぎゅうぎゅうに人がつまっていると見つけるのはかなり大変そう。
「誰を探してるの？」
　ひとりよりふたりで探したほうが効率がいいと思って聞いてみた。
　ライトがちょうど亜子ちゃんの顔を照らすと、その顔に

は涙が浮かんでいた。
　あたしの知らない人である可能性もあったけど、泣きそうになっているということは……。
「太陽と長町君」
「え……？　太陽君と海里？」
　待ってよ、意味がわからない。
　太陽君の名前が出ることは予想してたけど、海里はまったくの想定外。
「夏休みに入る少し前くらいかな。ふたりがここに出入りしてるってウワサがあってね」
　事態を呑みこめていないあたしに、亜子ちゃんが説明をはじめる。
　嫌だ。
　聞きたくない。
　なにを言われるかもわからないのに、瞬時にそう思った。
「ナンパしたり、言いよってきた女の子と毎晩のように浮気してるって」
　亜子ちゃんの声は、周りの音楽に負けないくらいはっきりと耳に届いた。
　ドクンドクンと胸が鳴る。
　待ってよ。
　海里がいろんな子と浮気してる……？
　なに、それ。
「夏休みに入ってから長町君と会った？」
　そう聞かれて小さく首を振る。

海里とはかれこれ２週間くらい会ってない。
「実はね……亜子もなの。夏休みに入ってから太陽からの連絡が一気に減って……ぜんぜん会ってないの」
「え……でも」
　幸せそうに太陽君とのことを話してたじゃん。
　愛されて、大切にされて、うらやましいなって思ったんだよ？
「亜子がかなり押して無理やり付き合ったようなもんだから……もう嫌われちゃったのかも。最近、朝帰りも多いし」
　そう言って泣く亜子ちゃんを、あたしは見ていられなかった。
「ごめんね、付き合わせて。長町君のこと……結愛ちゃんに言おうか迷ったんだけど」
「隠してるのもツラかった」って、亜子ちゃんは涙ながらに話してくれた。
「で、でも、ウワサはウワサじゃん？　真実じゃないかもしれないし」
　ウソであってほしいと願いながらも声が震える。
　初めて聞かされたことに、頭を追いつかせるので精いっぱい。
　真実なんて知りたくない。
　なにも気づきたくない。
　そしたらきっと笑っていられる。
「そうだけど……ホントだと思う。クラスの子が、ここでふたりを見たって言ってたから」

「それでも、浮気してるとは限らないじゃん」
「そうだけど……」

　亜子ちゃんがそう言いかけたところで音楽が止まった。
　どうやら休憩タイムに入るみたいで、フロアで踊っていた人がぞろぞろとその場から離れていく。

「あっ……」

　薄暗いなかでこんなにたくさんの人がいるのに、あたしは見つけてしまった。

　どうして……？
　なんで？
　そんな思いが胸に渦巻いたのは、とびっきりの笑顔で女の子の肩に手を回す海里の姿を見つけたから。

　見たくなかった。
　見つけたくなかった。
　あたし以外の子に笑顔を向ける海里なんて。
　胸が痛くてどうしようもない。
　一気にブワッとあふれた涙は、一瞬にして頬に流れた。

「太陽……女の子の肩を抱いている」

　亜子ちゃんがそう言っていたけどまっ白な頭では返事ができなくて、海里の姿から目が離せない。
　海里はあたしに気づくことなく、フロアの隅のほうに身を寄せてなにやら女の子の耳もとでコソコソ言っている。
　そんなふたりから、どうしても目が離せなかった。
　海里がなにかをささやくたびに、女の子はうれしそうに笑って上目遣いで海里を見上げる。

ふたりの間にあった距離が、そのまま吸いよせられるかのようになくなり、お互いの顔がじょじょに近づいていった。
　そして唇が重なった瞬間、あたしはいても立ってもいられなくなって逃げだした。
　人が多いクラブの中は身動きが取りにくくて、思うように進めない。
　逃げだそうとした時、亜子ちゃんがなにか言っていたような気もしたけど、今のあたしにはそれを聞く余裕なんてなかった。
　階段をおりてくる人たちに当たりながら、地上に出た。
　ここから離れたい。
　とにかく駅に向かおうと思って、歩きだす。
　ネオンが輝いている繁華街を進んでいると、反対側から歩いてくる人にぶつかった。
　倒れそうになったけど、なんとか踏みとどまる。
「あ、ごめんね。大丈夫？」
　聞こえたのはフワリと優しい穏やかな声。
　足もとを見ていた顔を上げると、にこやかに笑う長谷川君の姿があった。
　ゆるふわパーマとクリッとした大きな目、初めに感じた冷たいイメージは今はもうない。
　なんで、こんなところで会っちゃうかな。
　最悪だし。
　キュッと唇を噛みしめて、涙をぬぐう。

泣き顔なんて見られたくない。
「もしかして、如月さん？」
　ぶつかった相手があたしだったからなのか、長谷川君は目をまん丸く見開いてビックリしている。
　そりゃそうだよ。
　あたしだって、こんなところで会うなんて思ってもみなかった。
　長谷川君の隣には辰巳君もいて、無表情にあたしを見下ろしている。
　なにを考えているかわからない冷酷(れいこく)な瞳が怖い。
「なんでこんな所にいんの？」
　長谷川君があたしに聞く。
　ホントのことを言うほどバカじゃないし、こんなことを言えるわけもない。
　みじめな姿(さら)を晒すことになるだけだもん。
「長谷川君こそ……なんでこんな所にいるの？」
　あたしは長谷川君の顔を見ずに下を向いたまま質問で返した。
　早くここから逃げだしたいのに……。
「ん？　俺らの溜(た)まり場がこの近くにあるから」
「溜まり場……？」
「そう、溜まり場」
　詮索されたくないってことに気づいてくれたのか、長谷川君はあたしがいる理由をしつこくは聞いてこなかった。
　まぁ、単に興味がなかっただけだと思うけど。

でも今は、それがありがたい。
「溜まり場、ね。毎晩このあたりでナンパしてるんだ？」
　海里みたいに……いろんな子と遊んでるんだ？
　……最低っ。
　長谷川君も辰巳君も夜遊びしてるってウワサだし、これだけカッコよかったら女の子がたくさん寄ってくるに決まってる。実際そういうウワサもあるし。
　ふたりの姿が海里とかぶって、あたしはなんだかやけにイラついた。
「ナンパ？　そんなの、面倒だしするわけねーじゃん。だいたい、黙ってたって向こうからいくらでも寄ってくるし。それに、俺はこう見えても一途(いちず)だよ」
　長谷川君がおどけたように笑う。
　ウソだって丸わかりのふざけたその態度に、またイライラした。
「ふーん、それはおめでたいことで」
　一途だとかナンパしてないだとか、正直、長谷川君のことなんかどうでもいい。
　興味もないし。
「ふーんって、冷たいな、相変わらず」
「長谷川君がそうさせてるんでしょ」
「ま、そういうことにしといてやるよ。ヒマなんだろ？俺たちと一緒に来る？」
　その言い方、なんだかすごく上から目線なんですけど。
　それに、ヒマって……。

勝手に決めつけてるし。
「なんで長谷川君なんかと」
　一緒に行かなきゃいけないの？
　危険な香りしかしないんですけど。
「べつに変なことしないよ？　俺にだって選ぶ権利はあるし」
「なっ……」
　なに、この人。
　ホント失礼なんだけど。
　相変わらずヘラヘラして、つかみどころがないし。
　でも、どうしよう……。
　このまま駅に向かっても行く当てなんかないし、家に帰るのも嫌だ。
　亜子ちゃんといるのも苦しくてツラい。
　だったら、ついていくべき？
　でも……。
　なんか溜まり場なんて怪しい、よね？
　長谷川君はまだしも、辰巳君はホントに謎な人だし。
　ふたりのことを簡単に信用してもいいものか、よくわからない。
「なんであたしに構うの？」
　わかってるよ、長谷川君はあたしのことが嫌いだってこと。それなのに、どうして？
「んー。同じ匂いがするから、かな」
　は、はぁ……？

同じ匂い？
　思わずクンクンと自分の匂いを嗅いでしまう。
　だけど、なにも匂わなかった。
　って、当たり前だけど。
「ははっ、如月さんってマジで面白いな。そんなことする人、初めてだよ」
　匂いを嗅いでいるあたしを見て、長谷川君がおかしそうにクスクス笑う。
　なんだかバカにされている気がして、またイラっとした。
「俺らが初めてしゃべった日のこと覚えてる？」
「え？」
　初めてしゃべった日のこと……？
「そりゃ覚えてますとも」
　よく知りもしないクラスメイトに『生きてて楽しい？』なんて聞かれたのは衝撃的だった。
「その質問の答え……たぶん俺らと同じだと思うから、なんとなく放っておけないんだよな」
　なるほど。
　同じ匂いってそういうことだったのね。
　だからあたしに構うんだ？
　不幸せなように見えるから。
　それは間違っていないけど、そう見えてしまっていたことがなんだか悔しい。
　あたしはやっぱり、誰の目から見ても不幸に見えるんだ。
「如月さんは、この世のすべてを信じてないっていう目を

してる。それって、悲しいことだと思わない？」
「じゃあ、長谷川君は信じられるの？」
「信じたいとは思ってるよ。でも、如月さんは違う。最初から全部をあきらめてる」
「それがあたしなんだから、いいじゃん。長谷川君にそんなこと言われると、なんかムカつく」

　なんでだろう。

　わからないけど、すごくイライラする。

「あー、ごめんごめん。俺、思ったことポロッと言っちゃうから」

　反省するそぶりもなく、長谷川君はあっけらかんと笑う。

　そういう態度がよけいに気に障るんだってことを、この人はわかってないのかな。

「ごめんね。俺、バカだから」
「うん……ホントにね」

　バカだよね。

　でもきっと、あたしのことを見抜いたくらいだから、人のことをよく見て分析してるんだと思う。

「つーか、んなとこでしゃべってねーで早く行くぞ。ダルい」

　腕組みしながら黙って聞いていた辰巳君は、それだけ言って長谷川君を置いてスタスタと行ってしまう。

　無口でクールで……なんとなく怖い。

　長谷川君と違って取っつきにくそうだし。

　これからはあんまり関わらないようにしよう。

「あ、おい。待てよ！　ほら、如月さんも早く来て」

「え？　いや、あたしは……」
「いいから！　大丈夫だし」
　そう言って腕を引っぱられ、さっき来た道を逆戻りさせられるハメになった。
　いや、ぜんぜん大丈夫じゃないから。
　よくないから！
　なんて心のなかで思ったけど、長谷川君にはもちろん届かなかった。

別れの代償

　腕をつかまれたままたどりついたのは、さっきのクラブが入っているビルの隣にあるマンションだった。
　ああ、嫌だな、ここに戻ってきちゃった。
　でも、長谷川君の手を振りはらって逃げだす元気は、今のあたしにはない。
　もう、どうにでもなれ。
　どうなってもいい。
　どこにいたって、ツラいのは同じなんだから。
「ほら、入って」
　腕を引かれながら、オートロックのエントランスから入り、エレベーターで４階まで上がる。廊下を歩いて403号室のドアの前で立ち止まると、辰巳君がポケットから鍵を取りだした。いかにも高級そうなマンションは、ロビーの床が大理石でできていてキラキラしていた。なんだか別世界に来たみたいでドキドキしながら、部屋の鍵が開くのを待つ。
　玄関で靴を脱ぎ、ふたりのあとについていく。
　中はかなり広くて、リビングは30畳はありそうなほど。天井にはシャンデリアが吊ってあった。コの字型のソファーや大型のテレビや冷蔵庫が置いてある。置かれている家具はどれも高級そうで、人が住んでいる気配を感じない。まるでモデルルームのようだ。

「な、なにここ……」
「ここが俺らの溜まり場。このマンション、竜太のオヤジが経営してるんだよ。この部屋も竜太のオヤジのもので、今は空いてるから自由に使っていいんだって。こいつの家、金持ちなんだよ」

　長谷川君は大きな目を細めて笑った。
　微笑んでいても、なんとなく冷たい瞳を見てヒヤッとさせられる。
　やっぱり……長谷川君もなにかを秘めている。
　そう思わせるような瞳だった。
　それにしても、へぇ。
　オヤジが経営してるマンション、ね。
　そうなんだ。
　すごいな。
　それくらいにしか思わなかった。
　それよりも。
「ねぇ、竜太って誰？」
　そっちのほうが気になって思わず聞いてしまった。
「え？　マジで言ってる？」
「うん」
　目を見開く長谷川君に真顔で返す。
　だって、下の名前を言われてもわからないよ。
「まさか、竜太を知らない奴がいたとは」
「だって、興味ないもん」
　知りたいとも思わないし。

「辰巳竜太。こいつのオヤジだよ」
　ソファーに寝そべる辰巳君を指して、長谷川君はニコッと笑った。
　辰巳君はスマホをイジるのに夢中で、こっちには興味がなさそう。
　っていうか、人の話を聞いてない。
「え？　あ……竜太って辰巳君のことだったんだ」
　そういえば、前にみっちがリュウっちとか言ってたような……。
　リュウっち＝竜太＝辰巳君だったわけね。
　ぜんぜん結びつかなかった。
　そうだったんだ。
　覚えておこう。
　リュウね。
　キッチンに行ってしまった長谷川君を目で追いながら、辰巳君がいるソファーまでゆっくり歩く。それにしても、ホント広いな。
「ここに住んでるの？」
　生活感はないけど寝るだけならできそうだし、そうであってもおかしくはない。
「住んでねーよ。ひとりになりたい時に来るくらい」
　答えたのはさっきまでスマホをイジっていた辰巳君。
　聞いてないフリして、ちゃっかり聞いてたんだ？
　ひとりになりたい時……か。
「如月にもあるだろ？　そういう時」

「まぁ、ね……」
　辰巳君と会話らしい会話を初めてした。
　そうか、みんな同じなんだ。
　そう思ったらなぜだかホッとした。
　それにしても、長谷川君の冷たい笑顔の裏側には、なにが隠されているんだろう。
　辰巳君は底知れないほどの深い闇に呑みこまれているような、とても大きななにかを背負っているような……そんな目をしている。
　だけど怖いと思わなかったのは、そのなかにあるさびしさとか孤独に気づいてしまったから。
「ひとりになりたいのに、来ちゃってごめんね」
「べつに。大翔が人を誘うなんてめったにねーし。お前、よっぽど気に入られてるんじゃねーの？」
「え？　そうなの？」
「さー。知んねーけど」
「知らないって……適当だね」
　まぁ、どうでもいいけどさ。
　辰巳君は小さな声で言うだけ言って再びスマホに視線を戻した。
　相変わらず無愛想だけど、もう怖いとは思わない。
　不思議だ。
　自分と同じ共通点を見つけちゃったら、人って自然と仲間意識が芽生えるんだ。
　イメージが簡単に覆るなんて。

それにしても。
　長谷川君が人を誘うなんてめったにないの？
「如月さん、気楽にしてね。なんか飲む？」
　キッチンにいる長谷川君が冷蔵庫を開けながら、聞いてきた。
「ううん、大丈夫」
　って、あたしも初めて来たとは思えないほどすっかり馴染んでしまっているけど……。
　今頃、海里はクラブで女の子と楽しくやってるのかな。
　あたしのことなんて……もうなんとも思ってないの？
　2年も付き合ったのに、そんなのってないよ……。
　っていうか、歩美とはどうなったんだろう。
　怒りよりも悲しさやショックのほうが大きくて、考えはじめるとまた涙が出てきそうになった。
　ダメダメ。
　このふたりの前で泣くわけにはいかない。
　そう思って必死に堪えた。
　しばらくして冷静になると、残してきた亜子ちゃんのことが心配になってスマホに電話をかけた。
「結愛ちゃんっ……」
　亜子ちゃんはもうクラブを出たようだったけど、電話口で泣いていて。
　放っておくことなんてできず、駅で待ち合わせをして一緒に帰ることになった。
　ふたりにお礼を言ってマンションを出ると、駅まで急い

で向かった。

　亜子ちゃんは駅前のベンチに座って、しょんぼりと待っていた。

　大泣きする亜子ちゃんの背中をさすりながら、お互いになにも聞かずに帰路に着いた。

　それから1週間ほどが経ったある日。

　海里から連絡が来た。

　メッセージで今から会おうって送られてきて、ついに覚悟を決めなきゃいけないと思った。

　きっと……ふられる。

　それがわかっていたし、浮気のことも知らないフリをするのはもう限界だった。

　今日会ってちゃんとたしかめよう。

　ちゃんと話そう。

　逃げつづけていても苦しくなる一方で、きっとちゃんと聞かなきゃ気持ちにケリをつけることなんてできない。

　そんなことを思ったらオシャレをするのも気が引けたけど、最後くらい着飾ってバイバイしたいから、気合いを入れた。

　メイクはいつもどおり薄めにして髪をゆるく巻いた。

　ふだんめったに着ないワンピースを着たのは、最後くらいかわいい自分でいたかったから。

　きっと今日、あたしは海里の前で泣くと思う。

　別れなんて受けいれることはできないけど、今のまま付

き合っていてもツラいだけだ。
　自分の部屋の鏡の前で覚悟を決めて、部屋を出た。
　階段をおりてリビングの前を通った時、ガシャンとなにかが割れる大きな音がした。
　な、なに……？
　いつもなら出かける前にリビングになんて寄らないけど、気になって少しだけのぞいてみた。
「広ちゃん、お願い！　やめて」
「うっせー！　黙れ！」
「広ちゃん、お願いだからっ！」
　――ガシャン。
　――パリンッ。
　中１の弟の広大が、そこら辺にある物を手当たり次第に母親に投げつけているところを目にして唖然とする。
　部屋の中は、あちこちでガラスが割れてぐちゃぐちゃだった。
「広ちゃん、お願い……やめてっ」
「うっせー！　テメーなんか、母親でもなんでもねー！」
　ふだん穏やかな広大から出た言葉だとは思えないほど乱暴な言葉。
　いつもはおっとりしていて、少し抜けているところもあって……愛嬌もある弟。
　彼がこんなに怒っている姿を見るのは、初めてだ。
　いったい、どうしちゃったの？
　怒っているというよりも、キレていると表現したほうが

合っているくらい広大は暴れていた。
　5歳の風大はそんな広大を見て泣いてるし、ガラスの破片があちこちに飛んで危ないったらない。
「風くん、こっちにおいで」
　まだ幼い風大の手を引いてリビングを出る。
　母親はそんなことにも気づかないほど広大を止めようと必死で、泣きながら「やめて」と懇願していた。
　正直、泣きたいのはこっちのほうだよ。
　ただでさえいろいろあってツラいのに、家の中もこんな状態なんてホントに勘弁してほしい。
　風大はあたしの手をキツくギュッと握ったまま離そうとしない。
「大丈夫だよ……大丈夫だからね」
「お姉ちゃん……広ちゃん、怖いよ」
「大丈夫、風くんにはお姉ちゃんがついてるから」
　泣きじゃくる風大の小さな身体を抱きしめて背中をトントン叩いた。
　せっかく出かける準備をしたけど、こんな状態じゃ出られるはずもなく。
　泣きじゃくる風大を自分の部屋に入れて、海里に断りのメッセージを送った。
『ごめん、家の中がゴタゴタしてて。出られる状況じゃなくなった(^_^;)　明日でいい？』
『ホントは男と会うんだろ？　明日はムリだから』
『男となんて会うわけないじゃん。ホントに家の中が大変

なの(￣-￣;)』
『ウソつくなって。今日以外はムリだから』
　まだ疑われてたんだ？
　っていうか、浮気してるのはそっちでしょ？
　連絡してこなかったのはそっちじゃん。
　怒りを通りこして悲しくなった。
　男と会うんだろって……。
　結局、信用されてなかったんだ。
『何時になるかわかんないけど、落ちついたら連絡するね』
　顔文字をつけるのもバカバカしく思えて、文章だけ打って送信した。
　下が静かになったのは、それから1時間も経たない頃だった。
　バンッと荒々しく玄関のドアが閉まったことで、広大が家を出ていったことがわかった。
　風大を部屋に残して静かにリビングに行くと、母親が顔をおおって泣きくずれていた。
「危ないよ……破片が飛んでるんだから」
　床に座りこんでいた母親を立たせて、ダイニングの椅子に座らせた。
「ごめんね……っ。結愛ちゃん。ごめんね」
「なにがあったの？　広大はなんでこんなこと……」
「ごめん……ごめんね……っ。お、おか、さんのせいなの……っ」
　ただ泣くだけで、なにを言っているのかはわからない。

だけどあたしは、同情なんかしない。
　泣いてる母親をいたわろうっていう気持ちも、いっさいない。
　だって……泣いてたあたしに、あなたはなにもしてくれなかったから。
　もし、もしも。
　あたしが広大と同じように暴れたりしたら、この人は同じように泣いて止めてくれるのかな。
　こうやって、顔をおおって泣きくずれる？
『出ていかないで』って言ってくれるのかな。
　考えるだけムダだってことはわかってる。
　答えはきっとノーだもん。
　広大だから、母親は苦しいんだ。
　ツラいんだ。
　大事に大事に……かわいがって育てた子だもんね。
　そんなことを考えはじめたら胸が苦しくなった。
　あたしはいったい、なにを期待してるっていうの？
　そんなの、もうとっくの昔にあきらめたでしょ？
　バカバカしい。
　期待するだけムダなんだよ。
　結局、手に入れられないんだから。
「あたし、出かけるから」
　泣きくずれる母親にそう言いのこし、ベッドで泣きつかれて眠ってしまった風大を置いて家を出た。
　海里に電話すると、すぐに電話に出てくれて。

「もしもし？　ごめんね、今出たから」
「ふーん。俺んち来いよ」
「……わかった」
　覚悟を決めたはずなのに、声を聞いたらなんだか無性に泣きたくなった。
　海里がまだあたしだけを見ていてくれた頃は、毎日が幸せで本当に楽しかった。
　ずっと笑っていたのに、今はもう笑えない。
　苦しくて仕方ないよ。
　これから……どうなっちゃうんだろう。
　もう何度来たかわからない海里の部屋。
　いつもと同じように、モスグリーンのカーテンが引かれている。
　それだけで懐かしさが込みあげて涙があふれた。
　冷房でキンキンに冷えた部屋は、汗ばんだあたしの身体を急激に冷やしていく。
　このまま心まで冷やしてくれたらいいのに。
　海里に対する気持ちも、冷えてなくなればいい。
　そしたら、苦しまないですむのに。
　海里はあたしが来ても何事もなかったかのように、ベッドに寝転んでスマホをイジっている。
　誰と連絡を取ってるかなんて、もう聞いたりはしない。
「座れば？」
「……うん」
　そう言われてラグの上に座ろうとすると。

「そっちじゃねーし。こっち来いよ、気が利かねーな」
　不機嫌な口調でそう言われた。
　クラブで見せたとびっきりの笑顔は、どうがんばってもあたしには向けられない。
　それが虚しかった。
　言われるがままにベッドの縁に座ると、そのまま腕を引かれて押したおされる。
「な、なに？」
　海里は別れるつもりであたしと会ったんじゃないの？
　だったら……どうしてこんなこと。
「なんでって……おまえは俺の彼女だろ？　だったら、相手すんのは当然なんじゃねーの？　それとも、嫌なのかよ？」
　冷ややかな目で見下ろされ、胸がズキンと痛んだ。
　いつからだろう、海里がこんな目であたしを見るようになったのは。
　いつからだろう。
　いくら考えてみても、わからない。
「浮気してきたあとだろ？　彼氏をあと回しにするとか、マジでありえねーから」
　海里は荒々しくあたしの服に手をかけた。
　ワンピースを捲りあげられて肩がビクッと揺れる。
「な、にそれ。してないから」
　自分のことは棚に上げて、よくそんなことが言えるよね。
「は？　そんなにオシャレしといて、よく言えるな。俺の

前に男と会ってた証拠だろ。家が大変とか……ありえねぇ。つくならもっとマシなウソつけよ」
「だから！　出かける直前に家でゴタゴタしはじめたんだって」

　なんなの？
　なんでそんなに疑われなきゃいけないの？
　浮気してるのはそっちじゃん。
　どうして……あたしばっかり。
「浮気して逆ギレするとか、マジでないわ」
「だから、違うって何度も言ってるじゃん」

　わかってくれない海里に、あたしもいいかげんイライラしてきた。
　今までならガマンして本音を心の奥にしまいこんできたけど、今日は広大のことも重なって疲れきっていたんだと思う。
　我慢できなかった。
　もう限界だった。
「前にクラブで海里を見たよ。派手な女の子と抱きあってキスしてた。海里のほうこそ、浮気してるよね？　歩美って名乗る子に電話口で『別れて』って泣かれたこともある」
「…………」
「あたしは浮気なんてしてない。やましいことしてんのはそっちじゃん。浮気を疑って過ごす日々が、どれだけツラかったか……。海里にわかる？」

　苦しくてツラくて。

毎日涙が止まらなかったんだよ。
　　それでも信じてた。
　　信じたかった。
　　……ホントに好きだったから。
「じゃあおまえは……俺がどんな気持ちでいたかわかってんのかよ？」
　　海里にどう思われようと、もうどうでもよかった。
　　とにかく、もう苦しい思いをするのは嫌だ。
　　もう解放(かいほう)されたかったのかもしれない。
「知らないよ、知りたくもない」
　　浮気してた海里の気持ちなんて。
　　それにさ、わかってるんだ。
　　海里の場合は浮気じゃなくて。
「あたしのこと……もう好きじゃないよね？」
　　だからほかの子に目を向けるんでしょ？
　　笑顔を見せるんでしょ？
　　わかってた。
　　好かれてないってこと。
　　メッセージが来なくなった時点(じてん)で気づいてた。
　　でも、気づかないフリをしてた。
　　海里を失いたくなかったから。
　　ひとりになりたくなかったから。
　　わかってる。
　　あたしは卑怯(ひきょう)だったよね。
　　ズルくて卑怯な女。

でも、それじゃダメだから。
「このままでいるのはツラいし、もうムリだから。あたしとは別れ……っ」
「別れねーよ」
　低い声が聞こえた。
　いつの間にか海里の手の動きが止まっていて、上に跨ったままじっとあたしを見下ろしている。
　その目はなんだか切なげで、いつもの強気な海里からは想像がつかない。
「なん、で？　あたしのこと、嫌いでしょ？」
　それなのに、別れないなんて。
　予想していた展開と違いすぎる。
　あっさりとすぐに別れを受けいれるタイプだと思っていたのに……。
「嫌いだったらとっくに別れてる。俺、自分にウソついてまで好きじゃない女と付き合わねーし。言っとくけど、おまえに好かれてるって思ったことねーから」
「……え？」
　海里から聞かされた本音に耳を疑う。
　好かれてると思ったことがない？
　なん、で？
　わけがわからないよ。
　キョトンとしていると、海里が口もとをゆるめてフッと笑った。
　悲しげでさみしそうなその顔を見て、胸がギュッと締め

つけられる。
　やめてよ、そんな顔であたしを見るのは。
　目をそらしたくなってしまう。
「おまえ、なんも言わねーもん。さみしいとか会いたいとか、メッセージとか電話もいっつも俺からで。俺にあわせてばっかで、気いつかってんのがバレバレだった」
　え？
　だって……それは、海里が面倒だからあんまりしたくないって。
　そう言ったから。
「いろんな男とウワサがあっても、否定することなくヘラヘラ笑ってるし。そんなんで好かれてるとか思えねーだろ？　あー、こいつ俺に興味ねーんだなって思ってた」
　言葉につまった。
　ううん、なにも言い返せるはずなんてなかった。
　その言葉の裏側に隠された海里の気持ちが、ひしひしと伝わってきたから。
「たしかに俺は面倒くさがり屋でマイペースだけど、もっとワガママとか言ってほしかった。『今すぐ会いにきて』とか『今なにしてんの？』とか。もっと振りまわしてほしかった」
　なに、それ。
　だって、海里はそんなタイプじゃないはずで。
　どちらかというと俺様で、強引で。
　あたしが振りまわされていたんだよ？

「そういうふうに見えねーと思うけど、俺『さみしい』って言われたらすっ飛んでいくタイプだし」
　うそ、だ。
　だって……だって、海里は。
　そんなこと、あたしにひとことも言ってくれなかった。
　女の涙を面倒くさいと思うようなタイプで。
　ワガママとかも言われたくなかったはずで。
　あたしたちは、ケンカもなく、うまくやってきたはずだった。
　そう、だよね？
「いつの間にかなにもかもが信じられなくなってた。男とのウワサを否定しないおまえを見て、ホントなんだなって。浮気してるくせに俺の前ではヘラヘラ笑って……こいつ、最低だなって心のなかでずっと思ってた」
　涙があふれてきた。
　海里はあたしが想像するよりもずっと、苦しんでいたのかもしれない。
　あたしの知らない海里の顔がたくさんあった。
「けどそれを問いつめなかったのは、あっさり捨てられるような気がして怖かったから。裏切られても、おまえのことを嫌いになれなかったからだよ」
　海里は弱々しくそう口にした。
　それからも、海里は少しずつ本音を話してくれた。
　さみしくて苦しくて仕方なかった時、歩美やクラブで言いよってきたいろんな子と浮気をしたこと。

歩美との浮気疑惑が浮上した時、本当は引きさがらずに感情的になって怒ってほしかったらしい。
　止めてほしかったと。
　そしたら、少しは自信がもてたのにって。
　あたしが本音を隠したことで、海里を傷つけていたなんて思いもしなかった。
　そんなふうに思っていたなんて、考えてもみなかった。
　勝手な想像で作った海里のイメージは、全部あたしの空想(くうそう)だった。
「離れてから、よけいにおまえのことを疑うようになって……たぶんもう、おまえになにを言われても信じることなんかできねー……」
　ドクンドクンと鼓動が鳴って胸が張りさけそう。
「別れねーって言ったけど、女にふられるのがみっともなくて、とっさに出ただけだから。俺ら――」
　このあとに続く言葉を聞きたくない。
　どうしても涙を我慢できなくて、初めて海里の前で泣いてしまった。
　嫌だ。
　……嫌だよ。
『別れない』って言ったじゃん。
「もう限界だから」
　あふれる涙が邪魔をして海里の顔が見えない。
　だけどかすれている苦しげな声を聞いただけで、胸が痛くてどうしようもなくなった。

「別れよう」
「……っ」
　あたしがここまで海里を追いつめてしまっていた。
　あたしが……あたしが海里を傷つけてきたから。
　あたしのせいで……こうなった。
　でも。
「嫌だ……っ。好きだよ。好きなんだよ……っ。誰よりも……海里が好きだから」
　別れたくない。
　信用を取りもどせるようにがんばるから。
　もう一度やり直したい。
　今のままでいい。
　浮気してても……許すから。
　深く詮索しないから。
「……ごめん、マジで限界。もっと早く好きって言ってくれてたら、まだやり直せたかもな」
　耳もとで静かにそうささやきながら、海里はあたしの目に浮かんだ涙をぬぐってくれる。
　ゴツゴツした男らしい指から伝わる海里の温もりに、今までの思い出が頭をよぎって涙が止まらない。
　これ以上優しくしてほしくないのに、海里はいつまでもいつまでもあたしの涙をぬぐい続けた。
　どうせなら、ひどいことを言って傷つけてくれてよかったのに。
　そしたら……こんなに苦しい思いをせずにすんだ。

どれだけひどいことを言われても嫌いになれるわけがないけど、優しくされるくらいなら傷つけられたほうがマシだった。
　ごめんね。
　あたしはどこまでも最低で、いつも自分のことしか考えてない。
　こんな時でも、海里を悪者にしようとしてるなんて。
　泣きつづけるあたしに、海里は「ごめん」と言いつづけた。冷静なその声を聞いていると、海里の覚悟や意思の強さが伝わってきて。
　もうどうにもならないんだってことを思いしった。
　浮気したことを責めたりなんてできるはずもなく、海里もまた、あたしが本音を言わなかったことを責めたりしなかった。
　きっとお互いわかっていたんだ。
　今さら相手を責めてもどうしようもないということを。
　あたしたちの仲は、それくらいじゃ戻らないということを。
　もっと早く本音を言ってたら、あたしたちはこんな結末を迎えなくてすんだのかな？
　海里のことをわかったつもりで嫌われないようにしてきたけれど、きっとあたしは最初から間違っていたんだ。
　海里のことをなにも……わかってなかった。
　ズルくて最低なあたし。
　最初からちゃんと向きあっていれば、こんなことにはな

らなかったのに。
　言いたいことを我慢してきた結果がこれじゃあ、もうどうしようもない。
「送ってく」
　そう言ってくれたけど、あたしは首を横に振った。
　これ以上優しくされたら、海里に別れたくないって泣いてすがってしまいそうだったから。
　失ったものはあまりにも大きくて、心にぽっかり大きな穴が開いた。
　きっと……この穴が埋まることは一生ない。
　あたしのなかで海里の存在はとても大きかったから。

好きとか愛とか

　それから抜け殻のような毎日を過ごした。
　海里を失った喪失感は想像を超えるほど大きくて、ちょっとしたことですぐに涙があふれてくる。
　どれだけ後悔したかな。
　どれだけ願ったかな。
　楽しかったあの頃に戻りたいって。
　今の気持ちのまま戻れたら、あたしは海里を不安にさせないように絶対に離れないのに。
『会いたい』って。
『さみしい』って言うよ。
　もう我慢したりなんかしない。
　最後に撮ったプリクラを眺めては、毎日毎日部屋で泣いていた。
　ちゃんとふたりで話しあってたら、きっとまだ一緒にいられたよね。
　なんでちゃんと話さなかったんだろう。
　なにを怖がっていたんだろう。
　海里も同じ気持ちでいたことに、バカなあたしは気づけなかった。
　あたしは海里のなにを見てたのかな。
　どれだけ泣いても覆ることのない現実。
　海里からの信用を失わせてしまったのはまぎれもなくあ

たしだ。
　亜子ちゃんから毎日のようにメッセージが来たけど、返す気力もなくて既読スルーしてばかり。
　心配してくれているけど、きっと亜子ちゃんもツラいんだと思う。
　太陽君とどうなったのかは知らないけど、今のあたしには亜子ちゃんのことにまで気が回るほどの余裕がない。
　ホント……つくづく自分のことしか考えられなくて嫌になるよ。
　あたしは……あたし自身がいちばん大嫌い。
　――ガシャン！
　――バキッ！
　今日も１階からものすごい音が聞こえてきて耳を塞ぐ。
　ここのところ毎日のように広大が暴れている。
　あれから広大は人が変わってしまったかのように、グレはじめた。
　中１なのに髪を染めて、毎日のように夜遅くまで出歩く始末。
　もともと身体が大きかったから、高校生くらいに見えなくもなくて。
　本気で手を上げられたら、とてもじゃないけど母親ではかなわないと思う。
　たぶん……中学生特有の反抗期(はんこうき)ってやつを迎えたんだと思う。
　パパが出張でいないのをいいことに、思う存分暴れま

わっては家を出ていき、朝まで帰ってこない。ひどい時は、その次の日の夜まで帰ってこないこともある。

母親はそのたびに泣いていた。

『ごめんね』って何度も何度も謝りながら。

最近は風大も情緒不安定なのか、泣いてばかりであたしの部屋にやってくることが多くなった。

正直もう、家の中はぐっちゃぐちゃ。

リビングは荒れ放題だし、ご飯も最近はコンビニ弁当とか買ってきたお惣菜ばかり。

どんどんやつれていく母親を見て胸が痛むけど、あたしにはどうすることもできない。

——コンコン。

「結愛ちゃん……っ。風くん連れて、ちょっと外出してくれる?」

いつもなら開かない部屋のドアが、ガチャリと開いた。

不思議に思って目をやると、そこにはボロボロになった母親がいた。

頬は赤く腫れあがり口から血が出ている。

「な、なにそれっ。広大にやられたの?」

ビックリして思わず大きな声が出る。

だって物には当たっても、今まで手を上げたりなんかしなかったのに。

髪の毛もボサボサに乱れていて、明らかに殴られたんだってことがわかった。

まさか、ここまでするなんて。

反抗期だからって、ひどすぎない？
　さすがにこれは黙って見ていられない。
「ち、違うの。止めようとして……ぐうぜん当たっただけだから」
「当たっただけって……そんなわけないでしょ」
「ホントに……大丈夫、だから。結愛ちゃんは、心配しないで……あの子のことは、お母さんがひとりでなんとかする、から……」
　ポロポロ涙を流して泣く母親に、それ以上なにも言えなかった。
　べつに心配してるわけじゃない。
　いくらなんでも、ここまでするのはどうかと思っただけ。
　でもやっぱり、この人は部外者のあたしには立ちいられたくないみたい。
「部屋の中を片づけて、夕飯の支度(したく)をするから。その間だけ、風くんを外に連れだしてくれる……っ？　ごめんね、結愛ちゃん」
「……わかった」
「ごめんね……っ」
　やめてよ。
　簡単に謝らないで。
　この人はこんなに弱かったっけ？
　こんなに小さかったっけ？
　泣きながら、あたしに頭を下げるような人だった？
『ごめんね』って言われるたびに胸が苦しかった。

寝ている風大を起こして外に出た。

　夏の日差しが暑くて、全身から汗が流れおちる。

「お姉ちゃん、どこ行くの？」

「うーん、どこ行こっか」

　子ども連れでゲーセンやカラオケには行けないし。

「僕、公園がいい」

「そうだね、公園にしよっか」

「やったー！」

　無邪気な風くんの笑顔に自然と笑みがこぼれる。

　なんだ、あたし、まだ笑えるじゃん。

　それから公園に行き、ブランコに乗ったり、ジャングルジムにのぼったりして2時間くらい遊んで家に帰った。

　母親は何事もなかったかのように笑っていたけど、その笑顔はぎこちなくて。

　きっと広大のことで頭がいっぱいなんだよね。

　それでも風大がいるからムリしてたんだと思う。

　数日後の日曜日。

　家にいたくなくて久しぶりに亜子ちゃんに会った。

「そっか……長町君と別れたんだね」

　昼間に地元のゲーセンの近くにあるファミレスで、あたしたちはご飯を食べるでもなくお茶をしてぼんやりしながら過ごしていた。

　悲しげに眉を下げながらつぶやく亜子ちゃんに力なくうなずく。

今までのように愛想笑いを浮かべる気力(きりょく)もなかった。
　会ったら絶対に海里の話になることはわかっていたけど、ひとりでいるのは限界だった。
　誰かに話を聞いてほしかった。
「亜子も太陽と別れたよ。好きになろうと努力したけど、なれなかった、ごめんって言われて……ふられちゃった」
　涙まじりに話す亜子ちゃんの顔を直視(ちょくし)できなくて、膝(ひざ)の上で握りしめた拳に視線を落とす。
　亜子ちゃんのツラさが痛いほどわかって胸が苦しい。
「問いつめたらこうなるってわかってたのに、止められなかった。でも、ずっと苦しかったから……少しだけスッキリしたかな」
　そう言って亜子ちゃんは涙をぬぐった。
「あーあ。次こそ絶対いい恋愛するんだー！　亜子だけを一途に愛してくれる人を探すもんね」
　亜子ちゃんはいいな。
　前向きでいられて。
　あたしにはムリだ。
　海里がいなくなってできた穴は、ほかの誰かじゃ埋まらない。
　海里じゃなきゃダメなんだ。
　亜子ちゃんと違って、あたしは過去を振り返ってばかりいた。
　あの時ああしていればって、今でも考えてしまう。
　今さらそんなことを考えたって遅いのに、海里は戻って

こないのに。
　どうしても考えてしまう。
　どうやったら前向きでいられるのか教えてほしい。
　ツラさを隠して笑うなんて、今のあたしにはできないよ。
　夕方になり、亜子ちゃんは友達と約束(やくそく)があるらしかったので駅で別れた。
　一緒に来る？　って言われたけど、そんな気分になれなくて。
　ひとりになりたかった。
　どうしても家に帰りたくなくて、でもあたしには友達なんていないから、行く当てもなくて。
　結局、電車に乗って長谷川君たちが溜まり場にしているマンションの前まで来てしまった。
　来たって会えるわけがないとは思っていたけど、ほかに行き先なんて思いつかなかったんだ。
　繁華街のど真ん中に建つマンションの前で立ちつくす。
　ど、どうしよう。
　勝手に入るわけにはいかないし。
　そもそも、オートロックだからエントランスには鍵がかかってるよね。
　さっきから通りすぎていく人たちにジロジロ見られて、明らかに不審者(ふしんしゃ)だと思われてる。
　ど、どうしよう……。
「なにやってんだよ？」
　そんな時、背後から聞こえた低い声にヒヤリとした。

振り返るとそこには、無表情にあたしを見下ろす辰巳君の姿。
　今日は長谷川君と一緒じゃなくてひとりみたいだった。
「ねぇ、あれってリュウくんじゃない？」
「わ、ホントだ！　こんなところで会えるなんてラッキー！」
　通りすがりの派手な女の子たちが、キャーキャー黄色い声をあげる。
「おい、聞いてんのか？」
　それをうっとうしそうに見つめながら、さらにつめよられた。
「あ、ごめん！　近くに来たからちょっと寄ってみただけだよ。ホント、たまたま近くに来たから‼」
　しどろもどろになりながら、とっさに考えた言い訳を並べる。
　こんなに焦ってたらウソだってバレバレだっただろうけど、辰巳君はあえて突っこんでこなかった。
「入れば？　もう少ししたら大翔も来るだろうし」
　え？
「い、いいの……？」
　ポケットから鍵を取りだして、マンションのエントランスの扉を開けようとしている辰巳君の背中に問う。
　だって、辰巳君とあたしは仲が良いわけではないのに。
　むしろ、この前だって辰巳君とはほとんど話さなかった。
　それなのに。

「いいもなにも、そのために来たんだろ？ 逃げたくなったんじゃねーの？」
「え……？ いや、あの」
　素直に『うん』って言えなかった。
　辰巳君は人のことを見ていないようで、しっかり見てる。そして鋭い。
　冷たい瞳の裏側で、あたしのズルくて卑怯な部分を見抜かれていそうで怖かった。
　辰巳君に続いてエントランスの中に入る。
　広いロビーは、相変わらず高級感が漂っている。エレベーターで４階に着くと、部屋の前まで無言だった辰巳君が鍵を開けてくれる。
「お邪魔します……」
　サンダルを脱ぎ、部屋に上がる。
　リビングの電気をつけると、辰巳君は冷蔵庫を開けてなにやらゴソゴソしはじめた。
　どうしたらいいのかわからずに固まっていると、「座れば？」とソファーを目で示された。
　コの字型のソファーのはしっこのほうに腰掛ける。
　すると辰巳君がコップに注いだジュースを手にやってきて、あたしに差しだす。
「ん」
「あ、ありがと……」
　よくわからないけど、こういうところはきっちりしてるんだ？

そんなふうには見えないのに。
なんて言ったら失礼かな。
うん、失礼だよね。
それにしても……気まずい。
なにか話したほうがいいのかな？
でも、なにを？
　共通の話題なんてないうえに、極度の人見知りなあたしには会話なんて思いつかない。
　つまらない奴だよね。
　それは自分でもわかってる。
　こんな時でも、あたしは辰巳君の顔色をうかがってしまっているんだ。
　幼い頃からのクセが抜けず、嫌われないようにどんな態度を取ればいいかとっさに考えてしまってる。
　……バカみたい。
　そう思うのにやめられない。
　こんな自分、ホントに大嫌いだ。
「んなにビクビクしなくても、襲ったりしねーって。もっと気楽にしてろよ」
「え？」
　お、襲う……？
　辰巳君の口から出た言葉にポカンとする。
　そんなこと、いっさい考えてなかったんだけど。
　だって、あたしたちにはそんな雰囲気になる理由もない。
「怖がってたんじゃねーの？　それとも、襲われること期

待してた?」
「な、なに言ってんの! そんなわけないでしょ!」
　バカじゃないの。
　どっからそんな発想が出てくるわけ?
　思わずムキになって言い返した。
「だっておまえ、危機感ねーし。普通、よく知らない俺にホイホイついてくるか?」
　辰巳君はバカにしたようにフッと笑った。
　あたしを信用していない目だ。
「それは辰巳君が誘ってくれたから。あたしは……そういうことは、ホントに好きな人としかムリ。っていうか、嫌だ」
　ホイホイついてきて、軽い女だって思われちゃったかな。
　でもね、女ならみんな辰巳君になびくと思ってもらっちゃ困る。
　あたしは……逃げたくてここに来たんだから。
「それに、辰巳君は知らない人じゃないでしょ。いくらあたしでも、ぜんぜん知らない人にはついていかないし。バカにしないでくれる?」
　考えなしについてきた軽い女だと思われたくなかった。
「べつにバカにしたつもりはねーんだけどな。ただ、俺の周りの女がそんな奴ばっかだから」
「だからって、一緒にしないでよ。あたしには……好きな、人が……ぃって」
　そこまで言いかけて言葉につまった。

海里のことを口に出すのはツラい。
……苦しい。
思わず涙があふれてきたのでとっさに下を向く。
こんな弱い姿、人に見せたくないのに。
「ち、めんどくせー。泣くなよ」
「泣いて、ないっ……っ！」
涙をそっとぬぐって顔を上げた。
「女の涙ほど、めんどくせーもんはないよな」
「だから、泣いてないってば！」
「はいはい」
「……っ」
ここまではっきり面倒だと言われて、逆に清々しい気さえする。
辰巳君はなんていうか、思ったことをすぐに口に出すタイプ。
長谷川君と同じだ。
類は友を呼ぶって言うもんね。
ま、はっきり言われるほうがスッキリしていいんだけど。
「でもまぁ、おまえのウワサを勝手に信じた俺も悪かった」
「ウワサって……」
「そうとうな男好きで、遊んでるって」
——ドクン。
やっぱり、そんなふうに思われてたんだ。
そうだよね。
否定したところで、誰も信じてくれないもん。

「でも、違うんだろ？　男好きだったら、俺に見向きもしないなんてありえねー」
「その自信はどっからわいてくるの？　っていうか、ホントにバカにしてるでしょ？」
　どれだけ自分に自信があるわけ？
　聞いて呆れる。
「本気にするなよ。冗談なんだから」
「なにそれ」
　ますますバカにされてるとしか思えないんですけど。
　シラけた目を向けると、辰巳君は目を細めてフッとやわらかく笑った。
「悪かったって。おまえが泣いてたから、笑わそうと思って」
「めんどくせーとか言ってたくせに。ぜんぜん笑えない冗談言わないでよ」
　それに……。
「あたしのことをおまえって……言わないで」
　そう言われるたびに海里の顔がちらつく。
　優しかった手の温もりを思い出して、涙があふれてきちゃうから。
「じゃあなんて呼べばいいわけ？」
「……ユメ」
「世話が焼ける奴だな」
　面倒くさそうな低い声。
　だけど嫌がっているように聞こえないのは、辰巳君が実は優しい人だってことがわかったから。

しばらくして長谷川君が来ると、あたしがいたことに驚いていたけど、「いらっしゃい」って笑いながら言ってくれた。
　ふたりはあたしが思うほど、冷たい人じゃないのかもしれない。
　あれ？
　でも、なんだろう。
　さっきからずっと感じる違和感。
「長谷川君、ケガしてる？」
　ソファーに座りこもうとした時や飲み物を取りにキッチンに移動する時、一瞬痛そうに顔を歪めたのがわかった。
「え？」
　すぐ隣で目を見開く彼。
「なんだか、ツラそうだから」
「べつに、大丈夫だよ」
　ニッコリ笑ったその瞳から輝きが消えた。
　深く詮索したつもりはなかったけど、これ以上聞くなという雰囲気に負けてなにも言い返せなかった。
　辰巳君はベッドでひとり爆睡中。
　ホントマイペースな人だよ。
　あたしはテーブルに置いてあった雑誌を読みはじめた。
　長谷川君はスマホをいじっている。
　会話もなく静かな時間。
　ここにいるとなんだか落ちつく。
　居心地のよい時間が流れていった。

「如月さんって電車で帰るんだよな?　そろそろ終電ヤバいんじゃない?」

ふと、長谷川君がつぶやいた。

「え?　あ、もうそんな時間……?」

この部屋にはなぜか時計がないから、時間を確認するのはスマホくらいしかない。

確認すると０時前でビックリした。

「か、帰らなきゃ……っ!」

「駅まで送るよ」

長谷川君が立ちあがり出ていこうとした。

「いいよ、すぐそこだし!　走っていくから」

とつぜん押しかけてきたのはあたしなのに、これ以上迷惑をかけるわけにはいかない。

「いや、この辺、遅い時間は危ないから」

「で、でも」

「いいから。女の子なんだし」

長谷川君は一歩も引かず、たった数分の距離を送ってもらうことになった。

なんだか、女の子扱いされるって変な感じ。

今まであたしのなかの基準は海里だったから、ほかの人にそんなふうにされるとソワソワしてしまう。

夜の繁華街は昼間みたいに明るくて、黒いスーツを着たお兄さんやホスト風の人がウロウロしていた。

昼間とはまた違ったキラキラした雰囲気のなか、長谷川君は堂々と歩いていてなんだか慣れている様子。

「今度からはさ」

ネオンがまぶしく輝いて、長谷川君の整った横顔を照らしだす。

どこか大人びているその横顔から目が離せない。

「俺に連絡しろよ」

「え?」

「ひとりでいたくない時、俺に連絡して。あー、連絡先わかんねーよな。メッセージアプリとか使ってる? ID交換しよ」

「え……? あ、うん」

でも、なんで?

「長谷川君って、よくわからない人だよね」

「え?」

「あ、ううん。なんでもない」

キョトンとした顔で見つめられて、とっさに愛想笑いで返した。

ここまで心配してくれるのは、やっぱりあたしがかわいそうに見えるから?

駅に着いた時、すみっこのほうでたむろしている男子の集団がいた。

うるさく騒ぎながらタバコを吸っていて、いかにも不良っぽいやんちゃな男子の集団。

薄暗いからあんまり顔は見えなかったけど、どことなく幼い感じもするから中学生くらいかな。

怖いからうつむき気味に前を通りすぎようとすると——。

「長谷川せんぱーい、お疲れ様っす!」
 え?
 そんな声が聞こえて思わず顔を上げた。
 長谷川、先輩……?
「おー、おまえら、なにやってんの?」
 長谷川君は男子の集団に目を向けてニッコリ微笑む。
 おそるおそる目を向けると、そこにいたみんなが目を輝かせて長谷川君を見ていた。
「退屈だからみんなでダラダラしてたんすけど、ますます退屈で。先輩はデートっすか? 彼女さん、すっげー綺麗な人っすね」
 か、彼女……!?
「うわ、マジだ。すっげーかわいい」
 不良軍団からの興味津々な視線が降りそそぐ。
「んなくだらねーこと詮索してねーで、中学生は中学生らしくしてろっつーの」
「中学生らしくって、長谷川先輩のマネしてるんすけど」
 中学生ってことは、長谷川君の後輩?
 ものすごく尊敬の眼差しで見られてる。
 そして、なぜだかあたしまで……。
 長谷川君はきっぱり否定しなかったけど、こんな時間に一緒に歩いていたら絶対に彼女だって思われたよね。
 それにしても……長谷川君ってそんなに荒れてたの?
「つーか、堂々とタバコ吸うなよ。補導されるぞ」
「はいっ!」

「じゃあな」
「お疲れ様っす!」
　長谷川君がその集団に手を振ると、全員が深々と礼儀正しく頭を下げて見送ってくれた。
「後輩にビビられてるなんて、長谷川君って何者なの?」
　実はかなりの不良だったとか?
「ビビられてるー?　尊敬されてる、の間違いだろ?」
「どっちでもいいけどさ。慕われてるんだね」
「まー、中学の時は今よりもっとやんちゃだったからな」
　やっぱり……。
　今は落ちついているイメージだから、やんちゃには見えないんだけど。
「俺、キレると手がつけられないらしいよ」
　長谷川君はニッコリ微笑みながら、とんでもないことを口にした。
　あまりにもあっけらかんとそんなことを言うから、本当か冗談かわからなくてやっぱりつかみどころがない人だなと思わされる。
「長谷川君って温厚そうに見えるけど、キレることもあるんだね」
「ま、めったにキレないけどねー。昔、あいつらの前で、絡んできた他校の奴らにキレたら、なぜか尊敬の眼差しで見られるようになったんだ」
　へ、へえ。
　なんだかよくわからないけど、長谷川君を怒らせたら、

とんでもないことになりそうだってことはわかった。
　あたしも怒らせないようにしないと。
　キレて暴れられたら嫌だもん。
「あ、俺の場合、暴れるとかじゃないから」
「え？　そうなの？」
　てっきり、暴れまくって手がつけられないのかと。
「誰も寄せつけないほどの黒いオーラを放つらしいよ。雰囲気がヤバすぎて怖いって、竜太が言ってたほどだから」
「へ、へえ。あの辰巳君が怖いって言うんだ」
　じゃあ、よっぽどなんだろうな。
　温厚な人ほど怒ると怖いっていうし、気をつけなきゃね。
「長谷川君と付き合う女の子は大変だろうね」
「え？　なんで？」
「いや、だって。いつキレるかわかんないじゃん」
　キョトンとする長谷川君に思わず苦笑する。
　本当にわかってないんだ、この人。
　人のことは冷静に分析できるタイプなのに、自分のことには鈍感なのかな。
「なんだよ、それ。理由もなくキレねーし。それに俺、好きとか愛とかよくわかんねーんだよな」
「え？」
　好きとか愛とか……よくわからない？
「真剣に誰かを好きになったこともなければ、手に入れたいって思ったこともないし」
　それは……手に入れたいって思う前に、女の子のほうか

ら寄ってくるからでは？
「でもさぁ、前に一途だって言ってたじゃん。それって好きな人がいるってことでしょ？」
「いやいや。逆」
「え？」
　長谷川君の言うことは、いちいち意味がよくわからない。
「今まで言われるがままにいろんな女と付き合ってきたけど、結局誰のことも好きになれなかったんだよ。だから、誰も好きになれないっていう意味の一途ってこと」
「は、はぁ？　なにそれ。意味わかんない」
「たぶん俺ね、この先一生、誰のことも好きになれないと思うよ」
　本当にこの人はやっかいだ。
　穏やかに笑いながら、そんなさみしいことを口にする。
「俺、いろんな感情が欠落してる欠陥人間だから」
　ははっと長谷川君は笑ったけど、あたしは笑えなかった。
　だってそう言った長谷川君の目が、とても悲しげなものに見えたから。
　きっと、長谷川君はとてつもないさみしさを抱えた人。
　優しいけど冷たくて、温かいけど冷酷さももっている。
　嫌なこととか傷つくようなことがあっても、笑ってごまかして。
　心で泣いているような、そんな人。
「長谷川君は欠陥人間なんかじゃないよ」
「いいよ、そんな慰めみたいなこと言わなくても」

「ううん、慰めじゃなくて。あたしのこと、かわいそうで見てらんないって言ってくれたでしょ？」

　見下されてるのかな、バカにされてるのかなって思ったけど。

　きっと、純粋に心配してくれてただけなんだって今ならわかる。

「あれね、ちょっとうれしかったから。同じ匂いがするって言ってくれたのも、あー、この人あたしのことを見ててくれたんだってうれしかったんだ」

　最初は失礼な人だって思ってムカついたけどさ。

　でも、わかってくれる人がいて助けられたのも事実。

　深い意味はなく言った言葉だったのかもしれないけど、あの時あたしはたしかに助けられた。

　ひとりじゃないんだって、安心できたの。

「ぶはっ、如月さんってやっぱ変わってんな」

「わ、笑わないでよっ！　真剣に言ってるんだから」

　誰かにここまで真剣な気持ちをぶつけたのは、初めてかもしれない。

「ごめんごめん」

　口では謝りながらも、長谷川君はまだ無邪気にケラケラ笑っている。

　自分でもなぜだか不思議だけど、長谷川君には思っていることを素直に話すことができる。

　長谷川君になら飾らずになんでも言えちゃう。

　どうしてかな？

わからないけど、長谷川君の悲しげな顔を見ていたくなかったのかもしれない。
　心から笑ってほしかったのかもしれない。
　そんな思いから、自然と言葉が出てきた。
　たぶん、あたしたちはとても似ているんだと思う。
「長谷川君は人の気持ちを敏感に察知できる人だと思う。そんな人が欠陥人間なわけがないよ」
「はは、サンキュー」
　そう言いながら笑った長谷川君は、とても優しい目をしていて。
　なぜだかわからないけれど、あたしの胸がドキッと高鳴った。

Forever 3

逃げ道

　——ガッシャーン!
　うだるような暑さのなか、大きな音で目が覚めた。
　窓の外ではミーンミーンと蝉の鳴き声がそこら中に響いている。
「広ちゃんっ!　お願いだから……っやめて」
　母親の悲痛な声が聞こえて、耳を塞ぎたい気持ちに駆られる。
　だけど思いとは裏腹に、あたしは無意識に部屋を出てリビングに向かっていた。
　もうホント、いいかげんにして。
　毎日毎日、やってらんない。
　力任せにリビングのドアを開けた瞬間、目の前にヒュンとなにかが飛んできた。
　それはギリギリ頬をかすめて、壁に当たって砕けて床に落ちた。
　な、なに?
　そこら辺に散らばるガラスの破片。
　どうやら母親の手鏡を広大が投げたようだった。
　棚に飾ってあった写真立てや花瓶とかを手当たり次第にあちこちに投げているのを見ると、あたしに向かって投げたというわけじゃなさそうだ。
　それでもちょっと怖かった。

「広大……いいかげんにしなよ！」
　握りしめた拳がプルプル震える。
　大事に育てられてきたくせに、いったいなにが気に入らないのよ？
　なんでなにもかもぶち壊そうとするの!?
　愛されて育ってきたくせに。
　そんな思いが心のどこかにあったんだと思う。
　広大を見ていると、無性に腹が立って仕方なかった。
　あんたは甘えてるだけじゃん。
「なんでこんなことすんの？　なにが気に入らないの!?」
　あたしは泣きくずれる母親の横を通って、物を投げつけている広大の目の前に立った。
「ねーちゃんには関係ねーだろ！」
　広大はキッと唇を噛みしめ、あたしをにらみつけながら暴言を吐く。
　つい数カ月前までのあどけなさは、いっさい見当たらない。
　なにがここまで広大を変えてしまったの？
　なにかに苦しんでいるような、怒りまじりの切なげな瞳。
　目の前に立つとあたしよりも背が高いから、歯向かってこられたらひとたまりもない。
　だけど、広大はじっとしたまま動こうとしなかった。
「お願いだから、もうやめて。言いたいことがあるなら、力で解決するんじゃなくて口で言いなよ」
　大事にされてるんだから、話せばわかってくれるよ。

あんたは恵まれてるんだから。
　だって……あたしとは違って愛されてるじゃん。
「うっせーんだよ！　俺のことなんかなにも知らないくせにっ！　んな時だけ姉貴面してんじゃねーよ！」
　声を荒らげた広大に肩を強く押されて、うしろに尻もちをついた。
　床に手をついた時に鋭い痛みが走ったけど、今は気にしていられない。
　広大はあたしを憎々しげに見下ろしたあと、部屋から出ていこうとした。
「待ちなよ！　逃げる気？」
「やめて、結愛ちゃん……っ！」
　立ち上がって追いかけようとすると、泣きくずれていた母親に引きとめられた。
　母親は目をまっ赤にしながらも、まっすぐにあたしを見ている。
「なんで？　ここで止めないと、同じことの繰り返しじゃん。いつまで経ってもおさまらないよ」
「……いいのよ、いいの。私が……悪いんだものっ」
「ぜんぜんよくないでしょ。意味なく物に当たる広大が悪いんじゃん。反抗期だからって、やりすぎだよ」
　なんでそこまでかばうわけ？
　そんなに広大が大事なの？
　普通の親なら、叱るところでしょ？
「違うの……っ。いいの。今はとにかくそっとしておいて

あげて……っ」
「なんで……っ」
　肩を震わせて泣く母親が心底嫌になった。
　なにそれ。
　なんなの、それ。
　なにがいいの？
　風大だって、毎日ビクビクしたような顔をして怖がってるのに。
　それなのに、よくそんなことが言えるよね。
　これじゃあまるで……広大を追いかけようとしてるあたしが悪いみたいじゃん。
　そんなに広大が大事？
　ここでも、あたしは邪魔者なんだ？
「もう、いいよ。知らない」
　もういい。
　もう、どうでもいい。
　そう思うのに、喉の奥がカーッと熱くなって視界(しかい)がボヤける。
　泣きたくなんかないのに目頭が熱くなって、瞬き(まばた)をすると涙がこぼれおちそうだった。
　荒れた室内も、すすり泣く母親の姿も、泣きそうになってる自分も……なにもかもが嫌だ。
　部屋に戻ったあたしは、無意識にスマホを握って電話をかけていた。
「うわっ、如月さん？」

開口一番に長谷川君はビックリしたような声を出した。
うわって、なんだか失礼だな。
だけど、長谷川君の声はなぜかすごく落ちつく。
「突然ごめんね。なにしてんのかなって思って」
「なにって、べつになにもしてないけど。なんかあった？」
　優しく諭すような声に、本音をさらけ出してしまいたくなる。
「まぁ……ちょっといろいろ」
「そっか。ちょうど今、如月さんの地元の駅にいるんだけど、こっち来る？」
「え……？」
　うちの近くに来てるの？
「そのために電話してきたんじゃないの？」
　長谷川君にはなにを隠してもムダだ。
　あたしの想いは全部見抜かれている。
　電話を切ると、着替えて髪を整えてから家を飛びだした。
　メイクやオシャレをするよりも、とにかく早く、今は家を出たかった。
　この虚しい気持ちをどうにかしたかった。
　皮肉なことに、長谷川君が指定してきたのは海里との思い出がつまったゲーセン。
　夏休みだからなのか、いつも以上に人であふれている。
「如月さん」
「ご、ごめん、お待たせ」
　待ち合わせ場所で片手を上げてニッコリ微笑む長谷川君

に笑顔を向けた。
「早かったな」
　ニッコリ笑っているけど、長谷川君の笑顔が今日はやけに冷たく見える。
　目が笑ってなくて、どことなくさみしげに思えた。
　なにかあったのかな……？
「あ、うん。うち、ここから10分くらいだから」
「へえ、そうなんだ」
「うん！　長谷川君はどうしてここに？」
「まぁ、いろいろあって。現実逃避的な感じかな」
　現実逃避……か。
　みんなそれぞれ、いろいろあるよね。
　だけど長谷川君は押しては引いていく波のように、近づいてきたと思ったら突きはなしてくる。
　きっと長谷川君の心には誰も入れない。
　長谷川君の心は、誰の侵入をも拒みつづけている。
　そんな笑顔をしていた。
　長谷川君になにがあったのか気になるけど、あたしが聞いてもかわされるだけだろう。
　ヘラヘラ笑って、なんでもないようにごまかされる。
　深く突っこまれるのが嫌なのはあたしも同じだから、とくになにも言わなかった。
　なにかを言えるほど、あたしたちはお互いのことをほとんど知らない。
　それでもなぜか、長谷川君と一緒にいると落ちついた。

「ゲーセン以外で、どっか遊ぶとこないの？」
「ない」と答えると、長谷川君は渋々ゲーセンの中に入っていった。

　昼間だというのに相変わらずにぎやかな音が鳴りひびくなか、長谷川君のあとを追って歩く。

　スラッとしたうしろ姿に茶髪のゆるふわパーマ。

　スタイルがいいせいか、うしろ姿までもがすごく魅力的。

　でも、どうしてもさみしげに見えるのはなんでかな。

　長谷川君の背中が、泣いているように見えるのは、どうして？

　プリクラ機がある前を通った時、海里のことが浮かんで胸が締めつけられた。

　最後にここでデートした時は、幸せだったのにな……。

　思えばあの時からすべてが狂いはじめたんだ。

　海里との思い出を見つけるたびに、あの時ああしていればって後悔してしまう。

　今さら遅いのに、まだそこから抜けだせない。

　まだ立ちなおれない。

　海里は今頃……なにをしてるのかな。

　そんなことを思った直後のことだった。

　UFOキャッチャーの前で、仲良く肩を寄せあうカップルの姿を見かけたのは。
「あ、かわいいっ！　ねー、取ってよー」
「はぁ？　これが？　ぜんぜんかわいくねーじゃん」
「いいでしょー？　ほしいんだもん」

「ったく、仕方ねーな」
　——ドクンッ。
　嫌っていうほど聞きなれすぎた声に、鼓動が激しく脈を打った。
　信じられない気持ちでいっぱいで、息をするのも忘れてしまいそうになる。
　頭がまっ白になって、なにも考えられない。
　自然と足が止まってしまっていた。
　見ていたくないのに、吸いついてしまったかのようにそこから目が離せない。
「歩美の趣味はマジでわかんねーわ」
「えー？　海里は見る目ないなー」
「はぁ？」
　歩美と呼ばれた子は、海里の家に行った時に一度だけ見た子だった。
　肩がぶつかって……頭を下げられて、あたしを見て泣きそうになっていたあの女の子。
　ようやく理解した。
　彼女がなんで、あの時泣きそうになっていたのかを。
　バカみたい。
　なんで今さら……わかっちゃうかな。
　あの時、彼女のことを心配してしまった自分が心底バカみたいに思えた。
　彼女はあの日……あたしを見て泣いたんだ。
　海里の彼女だったあたしのことに、気がついたから。

海里は……あの日、歩美と浮気したあとにあたしを呼んだんだ。
　笑って海里に話しかけていた自分がバカみたい。
　あたしにも非はあったから浮気を責めるつもりはないけど、さすがにショックが大きくて。
　瞳からあふれた涙がいつの間にか頬を流れていた。
　こんなのって……ないよ。
　なんで……？
　どうして？
　どれくらいそうして泣いていたんだろう。
　わからないけど、ほんの１分くらいだったんだと思う。
　目の前にはUFOキャッチャーを楽しむふたりの姿があって、ショックで一歩も動けなかった。
　そこへ前を歩いていた長谷川君が戻ってきて、あたしの腕を引っぱった。
　泣き顔を見られたくないとか、泣いているのを知られたくないとか……。
　弱いところを見せたくないとか。
　そんなことを考える余裕なんてなかった。
　それくらいショックで、涙を止めようなんて思いつかないほど胸が痛くて仕方なかったから。
　長谷川君はふたりを見るあたしの視線に気づいていたはずなのに、なにも聞いてはこなかった。
　黙ったままあたしの腕を引いて電車に乗り、気づけばいつものマンションのソファーに座らされていた。

頭にあるのはあのふたりの姿だけ。

それ以外にはなにも考えられない。

早く忘れたいのに、いつまであたしを苦しめたら気がすむの？

漏れる嗚咽と、止まらない涙。

長谷川君はそんなあたしの隣に座って、頭を優しく撫でつづけてくれた。

その手があまりにも温かくて、よけいに涙があふれる。

「ご……ごめんね。変なとこ見せちゃって」

落ちついてきた頃、沈黙を破ったのはあたし。

急にこの状況が恥ずかしくなって、パッと顔をそむけた。

それと同時に、頭をなでてくれていた長谷川君の手が引っこめられる。

「いいよ、べつに。彼氏でしょ？　さっきの」

「ううん……元カレ」

「そっか」

「2年も付き合って、最後には浮気されて。結局、別れることになったの。だけど、苦しくて……ツラくて。どうしたら、忘れられるのかな……」

わからない。

わからないから、苦しい。

思い出すのは楽しかった頃のことばかりで、またあの時みたいに笑いあえたらって願っているあたしがいる。

バカだよね。

たった今、あんなところを見せつけられたばかりなのに。

あたしたちはもう終わったのに。
「ほかの誰かに目を向けてみれば？」
「それができたら……苦労しないよ」
「俺は、そこまで誰かに一途になれる如月さんがうらやましいけどな」
「……え？」
　うらやましい……？
　あたしが？
　長谷川君の言うことは、やっぱりよくわからない。
　だけど、こんなことを言う長谷川君は間違いなくさみしい人。
　きっと、あたしなんかよりもずっと。
　そんなさみしそうな顔で笑わないでよ。
　ツラいならツラいって顔をすればいいじゃん。
「長谷川君は人を好きになれないって言ってたけど、好きになれる人に出会ってないだけで……この先、きっと出会えると思うよ」
　だってホントは人を好きになりたいんでしょ？
　うらやましいって、そういう意味なんでしょ？
　誰かに『大丈夫だよ、好きになれるよ』って言ってほしかったんだよね？
「俺、人に執着しないし、なにも求めてないけど。如月さんに言われると、なんか素直に信じられる。なんでだろうな」
　長谷川君はまたさみしそうに笑った。

「それはほら、アレだよ。あたしたちが似た者同士だからじゃない？」
「似た者同士？」
「同じ匂いがするって言ってたじゃん。そういうことだよ」
「まぁ、たしかにね」
　小さく笑う長谷川君。
「俺、如月さんのことちょっと誤解(ごかい)してたかも」
「誤解？」
「冷たそうに見えて、優しいんだな」
「なっ……」
　そんなこと、初めて言われた。
　こういう時はどうしたらいいのかな。わからないよ。
　だからみょうに照れくさくて、思わずまっ赤になってしまった。
　ギッと軋(きし)むソファーと、すぐ隣に感じる体温に思わずドキッとしてしまう。さらには手首をつかまれて、肩がビクッと震えてしまった。
　な、なに……？
「やっぱり」
　長谷川君はあたしの手を無理やり開くと、呆れたような声を出した。
「ケガしてる」
「え？」
　ケガ？
　つられて手のひらを見ると、親指の付け根あたりがパッ

クリ切れて血が出ていた。

血は固まってたけど、爪や手のひらが赤く汚れている。

たぶん、広大に押されて尻もちをついた時にガラス片で切っちゃったんだ。

いろいろありすぎて、気づかなかった。

「手当てしてやるよ」

「い、いいよ。これくらいすぐ治るし」

「よくないだろ。ほら、洗わないと」

「だ、大丈夫」

あたしの腕を引いて水道まで行こうとした長谷川君の腕を反対の手でつかんだ。

「バイ菌が入ったらどうすんだ」

強く言われてしまい、観念したあたしは結局されるがままに。

水道で傷口を洗うと再びソファーに座らされ、長谷川君は戸棚を開けてゴソゴソしはじめた。

そして、消毒液と絆創膏を手に戻ってきて、再びあたしの横に座る。

優しいのか冷たいのか、突きはなそうとしてるのか、そうじゃないのかがよくわからない。

でも、温かい。

そんな人。

「消毒液と絆創膏があるなんて意外」

長谷川君はあたしの言葉に反応せずに、もくもくと手当てを続ける。

消毒液をティッシュに染みこませ、傷口に当てられる。
少ししみたけど、痛みはすぐに消えてなくなった。
「俺らもよくケガするから」
あたしの言葉、ちゃんと聞いてたんだ。
長谷川君はクリッとした綺麗な瞳であたしを見る。
口もとをゆるめて笑っているけど、目は笑っていない。
よくケガするって……。
やっぱり、前の時もそうだったのかな。
大丈夫って言ってたけど、ホントは違ったのかな。
「それって、ケンカで？」
穏やかでおっとりしてるから、ケンカなんかするようには見えないのに。
「んー？ どうなんだろうな。そう言われると、そうって気もするし。けど、違うっつーか」
「…………」
なんだろう。
結局、言ってることがよくわからなかった。
最後に絆創膏を貼ってくれて手当ては完了。
「腹減らない？」
長谷川君のそんな一言で、食欲なんてあんまりなかったけど一緒に近くのファミレスにやってきた。
お昼時のファミレスは、夏休みのせいもあるのか混雑している。
つい1カ月前まではほとんど話したこともなかったのに、今こうして向かいあって座ってるのが不思議。

長谷川君との間に沈黙が流れても、なぜか気まずいとは思わなかった。
　それよりも、むしろ居心地がいいとさえ感じてしまう。
　なんでだろう？
　こうして会っているけど、長谷川君のことはほとんどなにも知らないのに。
「夏休みの宿題進んでる？」
　先にあたしの注文したサラダがやってきて、しばらくしてから長谷川君のステーキセットが来た。
　食べはじめようとした矢先、唐突にそう声をかけられて思わず顔を見上げる。
　長谷川君はこっちをじっと見ている。
「なに？」
「いや、長谷川君も普通の高校生なんだなーって……」
　キョトンとする彼にしみじみと返す。
　なんだかみょうに大人びているせいか、どうしても同じ年には見えないというか。
　長谷川君でも宿題のことなんか気にするんだって思ってしまった。
「はぁ？　如月さんって、マジで意味わかんねーことばっか言うよな」
　目を瞬かせたあと、長谷川君は呆れたようにクスッと笑った。
「いや、長谷川君に言われたくないよ。そっちのほうが意味わかんないから」

「はぁ？　わかるだろ」
「わかんない」
「なんでだよ、バカなの？」
「バカじゃないよ」
「じゃあなに？　アホ？」
「はぁ　いい度胸してんね」
「如月さんもね」

　ささいなやり取りがなんだか楽しくて。
　それは長谷川君も同じだったみたいで、お互い顔を見あわせてクスクスと笑った。
「宿題……今まで手につかなかったから、明日からしようかな」
　サラダのレタスをモソモソ食べながら返す。
　夏休みに入ってからいろんなことがありすぎて、正直宿題どころじゃなかった。
　そろそろやらないと、夏休みが終わるまでに間に合いそうにない。
「マジ？　じゃあマンションでしてくんない？」
「え？　なんで？」
「俺も竜太もやる気ゼロで、まったく進んでないから」
「要するに写させろってこと？」
「さすが学年５位だけあって察しがいいね」
「なんで長谷川君がそんなこと知ってんの？」
　思わず目を見開く。
　うちの学校はテストの結果が張りだされることはないか

ら、自分で言わなきゃバレないはず。
「んー？　如月さんが通知表を教室で開いてた時、たまたまうしろから見えたから」
「のぞき見とか最低ー！」
「いいじゃん、お願い」
　合わせた両手を顔の前に持ってきて、かわいくお願いポーズをしてくる長谷川君。
　うっ。
　そんな顔で見られたら、断わろうにも断れない。
　きっと、狙ってやってるんだ。
　まぁでも、いろいろ助けてもらったし。
　少しは恩返ししたほうがいいよね。
「夏休み明けたらすぐに実力テストがあるけど、大丈夫なの？」
「んー、なんとかなるんじゃない？」
「なんとかって……」
　ならないでしょ。
　ノリ軽っ。
「よかったら勉強教えようか？」
　自慢じゃないけど勉強はできるほうだし、テストの山もわりと当たるからそっちのほうがいいと思う。
「えっ!?　マジで？　いいの？」
　パァッと花が咲いたような明るい顔で笑う長谷川君。
　クリクリの目が細くなって、とびっきりの笑顔を見せてくれた。

な、なによ。
ちょっとドキッとしちゃったじゃん。
反則(はんそく)だよ、そんなの。
「いいよ。ひとりだと効率悪いし」
ホントはウソ。
あたしを必要としてくれてるみたいで、すごくうれしかったんだ。

見えはじめる素顔(すがお)

 それからというもの、あたしは毎日のように溜まり場のマンションに行った。
 部屋の鍵は長谷川君も持っているから、辰巳君がいなくても入ることはできる。
 辰巳君がいない時もあったけど、ほとんど毎日3人で夏休みの宿題をしていた。
 いかにもマジメにやりそうにないふたりだったけど、意外と真剣で。
 教えれば教えるほど、ふたりはグングンと伸びていった。
「へえ。この問題って、こういうふうに解(と)いたらよかったんだ」
 テーブルの上で数学の宿題を広げる長谷川君がふむふむとみょうに納得(なっとく)しているのを、わざと呆れ顔で見つめる。
「それ、1学期の最初に習ったところだから」
「え？ マジ？ 聞きおぼえねーよ」
「いや、マジだから。テストにも出たじゃん」
「いや、知んない」
「俺も」
 隣からボソッと辰巳君の声がした。
 ふたりとも……よくこれで補習にならなかったな。
「ユメ、ここは？」
 腕を引かれて振り返ると、眉を寄せて小難しそうな表情

を浮かべる辰巳君の姿。
　あれから『おまえ』ではなく、ちゃんと名前で呼んでくれてる。
　そういうところはしっかりケジメをつけているらしい。
「え？　あー、えっと。そこはね」
　真剣に問題集を見つめる辰巳君。
　説明しやすいように辰巳君の隣に座り、白紙の余白にシャーペンで書きこんだ。
「この公式を代入するの」
「ふーん」
　あまりにも距離が近かったせいか、辰巳君の相槌(あいづち)がすぐそばで聞こえた。
　真剣に聞いているのかと思ってチラッと目をやれば、そこには相変わらずの無表情。
　機嫌が悪いわけじゃなくて、きっとこれがふだんの彼なんだろう。
　一緒にいるうちにそれがわかってきた。
「どう？　わかった？」
「んー、なんとなく」
「もう、しっかりしてよ」
　何気なく肩をバンッと叩いた。
　こんなことができるようになったのはごく最近。
「んなこと言われても、ムズイからな」
「まぁ、これは応用問題だからね。テストに出ると思うから、ちゃんとマスターしてよね」

「んー」
　なんとも気の抜けた返事をする辰巳君には、ため息しか出ない。
　ホントにもう。
　ちゃんとわかったのかな？
「次、こっち」
「え？」
　耳もとで低い声がしたかと思うと、手首をつかまれて引っぱられた。
　見上げれば、そこにはちょっと不機嫌そうな長谷川君がいて。
　ん？
　なんか怒ってる？
　気のせいかな？
「どこがわかんないの？」
「べつにないよ」
「え？」
　ない？
　わからないから呼んだんだよね？
『次、こっち』って、さっきそう言ったよね？
　わけがわからなくてポカンとしていると、長谷川君はバツが悪そうにあたしから目をそらした。
　そして、静かに口を開く。
「ごめん、なんでもない。なんで呼び止めたのか、自分でもわかんねー」

え？
「なにそれ……」
わけわかんない。
「うん、だよな。とにかく、なかったことにして」
自分の髪を掻きみだしながらそんなことを言う長谷川君に、ますます疑問は膨らむばかり。
まぁ……いいけどさ。
そのあともしばらく勉強したけど、長谷川君とは何度も目が合って。
そのたびに気まずそうにパッとそらされた。
前までは優しく笑ってくれたのに、これまでと違いすぎる態度にハテナマークが浮かぶ。
いったい、どうしたの？
「あたし、怒らせちゃったのかな？」
長谷川君がトイレに立った隙に、辰巳君に疑問をぶつけてみた。
辰巳君に聞いたってわかるわけがないのに、気になって聞かずにはいられなかった。
「気にすることねーだろ。しばらく様子見とけば？」
「で、でも……無意識に怒らせるようなことをしたのかもしれないし」
あんなあからさまに態度を変えられたら、気になって仕方ないんだけど。
「気になるなら本人に聞いてみろよ。言わなきゃ伝わんねーんだから」

「う、それは……」
　そうだけど。
　でも、聞けないよ。
「俺、これから約束あるから。大翔によろしく言っといて」
　そう言いながら、スマホと財布をポケットに入れて立ちあがる辰巳君。
「ま、待ってよ。逃げる気？　ふたりきりとか、気まずいじゃん」
「大丈夫だっつってんだろ。あいつ、ユメには気ぃ許してるし」
「そ、そんなこと言われても……」
　長谷川君があたしに気を許してるなんて思えない。
「ユメならあいつを変えられるから、がんばれよな。じゃあ」
　辰巳君は無情にもそう言いのこして行ってしまった。
　ど、どうしよう。
　なんて思っていたけど、トイレから戻ってきた長谷川君はいつもの長谷川君だった。
「ん？　どうしたの？」
　不安がるあたしに、首をかしげて笑っている。
　怒っていたと思ったのは、あたしの思いすごしだったのかな。
　なんだ、よかった。
「なんでもないよ。辰巳君も行っちゃったし、あたしたちももう帰る？」
　散らかっているテーブルの上を片づけながら、長谷川君

に問う。

　あんまり帰りたくないけれど、ずっとここにいるのも変だし。
「んー、ユメ次第かな」
「え？」
　しれっと言った長谷川君を、マジマジとガン見してしまった。
　ユ、ユメって言った……？
「竜太も下の名前で呼んでんだし、いいよな？　俺のことはヒロトでいいから」
「あ……うん」
　なぜかスネたように言う長谷川君……ヒロトの横顔を見ながらうなずいた。
　ヒロトは心のどこかであたしに一線を引いていると思っていたから、この申し出はホントにビックリだった。
　いったい、どういう心境の変化？
「まだ電車大丈夫だろ？　もう少しいれば？　それとも、俺とふたりきりでいるのはやだ？」
「え？　べつに嫌じゃないよ」
　逆にありがたいくらいなのに。
「あんまり家に帰りたくないから、もう少しここにいようかな」
「あー、わかる。帰りたくないのは俺もだし」
「え、あ、そうなんだ？」
　ヒロトも帰りたくないんだ？

なにか事情があるんだろうなとは思ってたけど、うちみたいに家庭環境が複雑なのかな？
　聞きたいけど、聞けない。
　興味本位で人んちのことに首を突っこみたくないし、逆に突っこまれたくないから、ヒロトの気持ちが誰よりもわかる。
　もしかすると、ヒロトもあたしに突っこまれたくないから聞いてこないのかもしれない。
「アイス食う？」
「アイスなんてあるの？」
「今から買いにいく」
「ホント？　じゃあ、あたしも行くよ」
「じゃあ一緒に行こうぜ」
　床に投げだしていたカバンを取ろうと屈んだ時、伸ばした手をヒロトにつかまれた。
　そのまま立ちあがらされて「行くよ」と強引に引っぱられる。
　いつも思うけど、ヒロトって見かけによらず、強引というか。
　思いたったらすぐ行動に移せるのはすごいと思うけど、少しはあたしの状況も察してよ。
　カバンの中にお財布が入ってるんだってば。
　グイグイと引っぱられるなか、そんなことを思っていると――。
「勉強のお礼におごるから」

まるで心のうちを読まれたかのように、タイミングよく声が飛んできた。
　見上げた横顔は、なんだか機嫌がよさそうだ。
　ホントにコロコロ表情が変わる人だな。
「やった、ありがとう」
「こっちこそ、いつもありがとな」
「いえいえ」
　つかみどころがないけど、ヒロトはやっぱり人のことをよく見てる。
　よく見て、ほしい時にほしい言葉をくれる。
　安心させてくれる。
　だから一緒にいて落ちつくのかな。
「ヒロトって何人兄弟？」
「なんだよ、いきなり」
「いや、なんか妹とかいそうだなぁって。面倒見よさそうだし」
「残念、姉ちゃんしかいない。10個も年上だけど、仲いいよ」
　ヒロトはちゃんと答えてくれた。
　聞かれたくないことはあいまいにかわされるけど、兄弟ネタは大丈夫だったらしい。
　他愛ない会話を続けながら繁華街の中を歩く。
　にぎやかなこの空間がやけに心地よくて、なんだかとても落ちついた。

　夏休みが終わる５日前、無事宿題が終わって実力テスト

対策もバッチリふたりに伝授した。

　ふたりはやる気がなかっただけで、やればすんなりできるタイプの天才型。

　とくにヒロトは、一度コツを教えただけでハイレベルな難問も次々クリアしてしまった。

　もともと頭がいいんだと思う。

　本気を出されたら、きっとあたしなんか一瞬で追いぬかれちゃう。

　そう思わせるほど特殊(とくしゅ)な天才型だった。

　あれだけ心配していた辰巳君も、今ではスラスラ問題を解けるようになったから大丈夫だろう。

　すっかり信用されたのか辰巳君が部屋の合鍵をくれて、自由に出入りしていいと言ってくれた。
「あー、でも。大翔が怒るだろうから、ここに来る時はあいつに連絡してからにしろよ」
「え？　怒る？　なんで？」
「なんでって、わかってねーのかよ。鈍いな。ユメは大翔のお気に入りだからだろーが」
「お気に入りって……人をおもちゃみたいに」

　面白がってクスクス笑う辰巳君に頬を膨らませる。
「スネるなよ。あいつが人前でああやって寝るってことは、よっぽど心を許せる相手だってことだから」

　え？

　夜通し遊んで寝ていないというヒロトは今、部屋のベッドでスヤスヤ眠っている。

ふたりは朝までカラオケにいたらしい。
「カラオケでオールしてたら、そりゃ眠くもなるでしょ」
「んなことねーよ。俺ら２日、３日くらい寝なくても、余裕でいけるタイプだし。このまま遊びにいくつもりだったけど、ユメが来たから」
「行けなかった」と続けた辰巳君は、まったく眠そうなそぶりもなくピンピンしている。
「心を許せる相手って……あたし、ヒロトのことをほとんどなにも知らないのに。それに、ほとんど自分のことを話してくれないんだよ？」
　それなのに、どうしてそんなことがわかるの？
　辰巳君はそれだけヒロトと仲が良いってことかな。
　いつも一緒にいるもんね。
　なんでも知ってるんだよね。
「俺だって知らねーよ」
「ウソ。仲いいじゃん」
「いつも一緒にいるからって、相手のことを全部知ってるとは限らねーだろ」
「そんなことないでしょ。辰巳君、前にあたしならヒロトを変えられるって言ってたじゃん」
　それって、ヒロトのことを知ってるから言えることでしょ？
「カンだよ、カン。大翔は自分からなんでもかんでも話すタイプじゃねーからな。けど、ユメといる時だけ優しく笑うから」

「いや、そんなことないでしょ。辰巳君といる時だって笑ってるじゃん。っていうか、いつもニコニコしてるし」

　たまに……さみしそうだったり、冷たい目をして笑ってることもあるけど。

　基本的には穏やかな感じだもん。

　だから、あたしといる時だけ優しく笑ってるなんてありえない。

　辰巳君とのほうが仲良しなんだから、気心も知れているはず。

「どんな時でも笑うような奴だからな、大翔は。ま、俺とふたりだとぜんぜん笑わねーけど」

「ウソだ」

　いつもニッコリしてるじゃん。

　憎たらしいくらいに。

「いやいや、マジだし。こいつ、本当はすっげえさみしい奴だから」

　そう言われてなにも言い返せなかったのは、辰巳君がとても悲しげな目をしていたから。

　ヒロトのことをなにも知らないとあっけらかんと言いながら、切なげで苦しげな顔をしていたから。

『さみしい奴だから』

　辰巳君が、どういう意味でそれを言ったのかは、わからない。

　だけどなぜか、さみしく笑うヒロトの顔が頭に浮かんで泣きそうになった。

「こいつが人に執着しねーのは、単に興味がないだけじゃなくてさ」
　辰巳君は、気持ち良さそうに寝息を立てるヒロトを見つめる。
　その横顔は、やっぱり切なげだった。
「愛を知らねーから」
「え？」
　愛を……知らない？
　ドクンと胸が鳴った。
　どういう、こと？
「愛を知らねーんだよ、こいつ。生まれてからずっと。だから人に執着する気持ちとか、大切に想う気持ちが欠けてんだと思う」
　愛を知らない……。
『生まれてからずっと』
　その言葉がリアルに胸に突き刺さった。
　辰巳君はやっぱりヒロトのことをよくわかってる。
　でもね……ちょっと違うよ。
　まちがってる。
「あたしはさみしい人だとは思わない。だって、ヒロトは優しいよ？　人の痛みを理解できる、優しい人だと思う。それに……心の底では人を信じたいって思ってると思う」
　そうじゃなきゃ、あんなにさみしそうな顔で笑わないよ。
　だからあたしは、ヒロトを感情が欠落してる欠陥人間だなんて思わない。

あたしはヒロトの優しさに救われたんだから。
「言っただろ？　ユメだけはあいつの特別だって。だから、大翔をよろしく頼む」
「そ、そう言われても。なにをどうすればいいの？」
「そのままでいいんじゃねー？」
「え？」
　よろしく頼むとか言っといて？
　辰巳君はやっぱり、よくわからない人だな。
　でもね。
　ヒロトのことを心配してるってことだけは、ちゃんと伝わったよ。
　そして思ったんだ。
　さみしそうに笑うヒロトの顔を、もう見たくないって。
　どんな時も心から笑っていてほしいって。

　夏休みも、気づけばもうすぐ終わりを迎える。今年の夏は、いいことも悪いことも含めていろんなことがあったなぁ。家でのゴタゴタとか、海里とのこととか、長谷川君や辰巳君と仲良くなったこととか、ホントにいろいろありすぎてこの夏はあっという間だったような気がする。
　そんなことを考えながら、今日も電車に揺られて、すっかり行きなれたマンションへと向かう。駅の改札を出ると、見慣れたうしろ姿を見つけた。
「ヒロッ——」
　声をかけようとして、思わず足が止まってしまった。ヒ

ロトの隣に女の子がいたからだ。

　その距離わずか2メートル。タイトなミニスカートにふんわりかわいらしいノースリーブ姿の派手な女の子。うしろ姿だけだから、顔はわからない。でも、とても仲が良さそうだったから声をかけるのをためらった。

　デート中なのかもしれないし、邪魔しちゃ悪いよね。ふたりの背中が見えなくなるまで、立ち止まってやり過ごす。

　ヒロトは、今日はマンションに来ないつもりなのかな。

　今から女の子とふたりで遊びにいくの？

　ここまで来ちゃったけど、どうしよう。

　そういえば、今日は行くことを伝えてなかったな。

　テスト対策はバッチリで、夏休みの宿題も終わったから、今日からは、あたしはマンションには来ないと思ったのかもしれない。

　宿題が終われば、もうあたしに用事はないもんね。それを少しさみしいと感じてしまっているあたしは、ヒロトといることに慣れてしまったから。3人でいることに、自然と慣れてしまっていた。

　だからなのか、なんだか気分が沈んでしまっている。

　マンションに行く時は連絡してって言われてたけど、どうしよう。

　駅前をウロウロしながら、悩むこと数十分。せっかく来たのにこのまま帰るのは嫌だし、なによりひとりでいたくない。

　でも、だからといって、どうするかの答えは出ないんだ

けど。
　そのまま駅の横にあるコンビニに入って時間を潰していると、スマホが大音量で鳴りだした。
　わわ、サイレントにするのを忘れてた。
　あわててコンビニの外に出て、スマホを取りだす。
『着信 ヒロト』
　──ドキッ。
　え、なんで？
　疑問に思いながらも、電話に出た。
「あ、ユメ？」
　電話越しに聞こえるヒロトの優しい声。周りがガヤガヤしているので、どうやら外にいるようだ。
　電話をくれたことがうれしくて、自然と頬がゆるむ。
「うん、どうしたの？」
「いや、今日どうするかなぁと思って。こっち来る？　それなら、俺もマンション行くから」
「え、でも」
　ヒロトは、女の子と一緒だったよね。出かけるんじゃないの？
「あー、たまには家でゆっくりしたい感じ？　そうだよな、毎日俺らの勉強に付き合ってくれてたし」
　即答しないあたしの気持ちを考えてくれたのか、ヒロトは申し訳なさそうに言った。
「ううん、実はもうマンションの近くの駅なの」
「じゃあ、すぐそっちに行くよ」

「え、あ」
　あたしの返事も聞かずにヒロトは電話を切った。そして数分も経たないうちに、息を切らしながら現れた。
「そんなに急がなくてもよかったのに」
　苦笑いするあたしに、はぁはぁと大きく息を乱すヒロト。あたしのためなのかはわからないけど、急いで来てくれたことが、なんだかうれしい。
　ダボッとしたジーンズに、白いTシャツ。シンプルな格好だけど、Tシャツは左胸に小さなブランドロゴが入ったデザインで、とてもオシャレだ。
　ヒロトはもともとスタイルがいいから、なにを着てもよく似合う。
「つーか、駅にいるなら連絡してくれればよかったのに。はぁ、あちー」
　腕で額の汗をぬぐいながら、ヒロトはあたしを見下ろす。
「実はさっき、ヒロトが女の子と一緒にいるところを見たんだよね。それで、今日はどうしようかなって悩んでたの」
「ああ、ただの中学の友達だよ。偶然会っただけで、駅を出たところで別れたんだ」
「あ、そうなんだ」
　それを聞いてホッとしているあたしがいる。
「っていうか、大丈夫？　髪が乱れてるよ」
　手を伸ばしてヒロトの髪にふれようとすると、ヒロトは肩をビクッと震わせた。そして、ビックリしたように目を見開き瞳を揺らす。そんなヒロトを見て、あたしは手をゆっ

くり下へとおろした。
「そんなにビックリしなくても」
「はは、ごめんごめん」
　手ぐしでサッと髪を整えるヒロトの笑顔は、なんだか少しぎこちない。取りつくろったような笑い方。目が笑っていないからなんとなく心配になる。
「顔の横に手を持ってこられると、条件反射(じょうけんはんしゃ)でビックリするんだよな」
「えー、なにそれ。ケンカ慣れしてるんじゃないの？」
「ケンカっつーか、まぁ。殴られることには慣れてるけど」
　ははっと軽く笑いとばすヒロト。その表情は相変わらずぎこちないままだ。

　殴られることに慣れてるって……。やっぱり、昔は相当悪かったっていうことなのかな。それとも、今もまだ落ちついていない？

　時々ケガしてるのを見かけるもんね。ヒロトはなんでもないって言うけどさ。

　どちらからともなくゆっくり歩いて、コンビニに入った。お茶やお菓子、アイスを買いこんでコンビニを出る。ふたりで歩いていると、道ゆく人たちからの視線を感じることもしばしば。ヒロトは地元でとても有名で、顔が広くていろんな人に声をかけられている。一緒に行動するようになってそんな場面に多く遭遇(そうぐう)することで、意外な一面を知った。

　友達がいないあたしからすると、うらやましくもあるけ

れど。それでもヒロトは、誰にも心を開いていないように見える。

あたしの前で、心からの笑顔を見せてくれる日はくるのかな。

そんなことを考えながらぼんやり歩いていると——。
「ボーッとしてんなよ」

耳もとで低い声が聞こえた。それと同時に、肩を抱かれて引きよせられる。

ハッとした時、前から歩いてきた人がすぐそばを通りすぎた。ヒロトが引きよせてくれなかったら、ぶつかっていただろう。
「ごめんね、考えごとしてて、つい」
「考えごと？」
「うん、まぁ、いろいろ」

ヒロトのことを考えていたとはさすがに言えなくて、あいまいにごまかした。そうすると、深くは詮索してこないから、そういうところでは一緒にいてとても助かる。

マンションに到着した頃には、すでに汗だくになっていた。ヒロトがオートロックを開けてくれて、エントランスを抜けてエレベーターで4階へ上がる。そして部屋の前に着き、玄関の鍵を開ける。どうやら辰巳君は来ていないようで、ドアを開けた瞬間ムワッとした空気が肌にまとわりついた。
「あっちー……」

裾をつかんでTシャツをパタパタさせながらリビングへ

向かうヒロトのあとを追う。あたしの背筋にも汗が流れおちた。
　すぐさま冷房のスイッチを入れたヒロトは、いつものようにソファーの定位置に大の字で寝そべる。
　あたしもすぐそばにちょこんと座った。
　そして買ってきたお茶をひとくち、喉の奥に流しこむ。火照（ほて）った身体は水分をほっしていて、一気にペットボトルの半分まで飲んでしまった。フゥと一息ついた時、ヒロトがガバッと起きあがった。
　そしてじっとこっちを凝視してくる。整った顔があたしに向けられて、何事かと一瞬ドキッとした。
「吐きだすことで楽になるなら、話くらい聞くから」
「え？」
「ユメって、あんまり自分のことを話さないから、ためこみまくって爆発しそうだなって思ってさ」
「あ……」
　たしかに、当たってるかも。
　今まで誰かにそんなふうに言ってもらったことがなかった。ヒロトはやっぱり、あたしのことをよく見てくれているんだなぁと思う。
「誰かに話すことで楽になることもあるからさ」
「ありが、とう」
　他人に深入りしないヒロトがここまで言ってくれるなんて、まさに青天（せいてん）の霹靂（へきれき）だ。
　だけどヒロトの言葉にウソ偽りがないことは、あたしが

いちばんよく知ってる。ヒロトは思ってもいないことを、お世辞なんかで言うような人じゃない。
　だからかな、素直になれたのは。
「あたし、今まで誰も信用できなかったの。いろんなウワサを立てられて、派手な女の先輩や同級生に呼びだされたりもして。やってもいないことをやったって決めつけられて、『違う！』って否定しても、誰も信じてくれなかった。中学の時は友達がいなくて……でも、海里が、元カレがいてくれたから、なんとかがんばることができてた」
　話しだすと止まらなくなって、次から次へと聞いてほしいことが出てくる。
「地元から離れた高校に入ったのは、あたしのことを誰も知らない場所に行きたかったから……逃げたかったからなんだ。でも、高校に入っても結局同じで。環境を変えただけじゃ、あたしの運命はなにも変わらなかった。海里ともダメになって、家の中も反抗期の弟が今すごく荒れてて……ぐちゃぐちゃなんだよね」
　なにが言いたいのか自分でもよくわからない。でも、ただ誰かに聞いてほしかった。
　ヒロトは口を挟んだり面倒くさがったりすることなく、まっすぐにあたしの目を見ながら話を聞いてくれている。
「正直、今めちゃくちゃツラいんだよね……」
　自分のことをこんなふうに誰かに話すのは初めてだ。深く詮索されたくなかったはずなのに、さらけ出している自分自身にビックリする。

「海里のことも、思い出すと苦しいし……家にもいたくない。毎日毎日、憂うつで」
 こんなことを言っていたら、どんどん気分が沈んできた。
「でも、あの日偶然だったとはいえヒロトと辰巳君に会えてよかったと思ってる。じゃなきゃ、今頃まだどん底にいたと思う。ここにくることで気をまぎらわすことができたし、すごく救われたから……」
 少し照れくささを感じつつも、ありのままの気持ちを話した。
 ふたりにはとても助けられたし、感謝もしてる。ひとりでいたら、きっと立ちなおれなかっただろう。
「まぁ、俺はなにもしてないけどな」
「ううん、そんなことないよ。ヒロトは人の気持ちがわかる優しい人だと思う。冷たそうに見えて、実は温かい人なんだって」
「はは、ほめたってなにも出ないよ」
 あっけらかんと軽く流してくれるところが、また優しさなんだと思った。
「ま、生きてりゃいろいろあるよな。でも今がどん底なら、あとは上がってくしかないわけだろ？　ユメなら、きっと大丈夫」
「そう、かな？」
 自分では大丈夫だなんて思えない。むしろ、どんどん闇に呑みこまれていきそうな気がする。でも、ヒロトが大丈夫って言ってくれたことでホッとすることができた。

「ユメは、なんだかんだで強いしな」
「強い？　あたしが？」
「バカみたいに一途だし」
「それ、ほめてないよね？」
「いやいや、ホントすげーと思ってる」
　こんなやり取りに和んでいるあたしがいる。ヒロトがいてくれてよかった。今は心からそう思う。まだまだツラいけど、あとは上がっていくしかない。そう思ったら、もう少しだけがんばれそうな気がする。
「なんかあったらいつでも言って。できる限り力になるから」
「ありがとう」
　にっこり笑ってくれたヒロトに、同じように笑顔で返した。優しさをまっすぐに向けられて、くすぐったい気持ちになる。
「その笑顔……」
「え？」
　なに？
　なんなの？
「ヤバい……」
「ヤバいって……どういう意味？」
　笑えていないってこと？
　でも、だけど。
　ヒロトの様子がなんだか変だ。チラチラあたしを見ては、目が合うとしどろもどろになりながらそらす。今までに見

たことのない態度。いったい、どうしちゃったんだろう。
「その顔、俺以外の男の前で見せるなよな」
「え?」
　そう言われて、ますます意味がわからなかった。そんなにヤバい顔で笑ってたのかな。ほかの人に見せないほうがいいほどの、変な顔をしてた?
　しつこく理由を聞いてもあいまいにかわされてしまい、結局理由はわからなかった。
　でも、なんだかヒロトの顔がほんのり赤いような気がして、あたしの疑問は大きくなるばかりだった。

気になる存在

そして新学期がはじまった。
「結愛っちー、おはようー！」
「あ、お、おはよう」
「結愛ー、会いたかったよー」
　教室に入ると、さっそくみっちとマイにつかまった。
　人がまばらな教室内。
　前までなら絶対に気にならなかったのに、教室のすみっこのほうで固まって話している明るくて派手な男子の集団に目がいく。
　それは、ヒロトや辰巳君がいつも一緒にいる男子の集団。
　彼らはクラスでも目立っていて、なにをするにもとにかくうるさい。
　横目にそれを見つつ、みっちとマイに笑顔を浮かべた。
「夏休み前、連絡先聞けばよかったーってかなり後悔したんだ。遊んだりしたかったよー」
　そう言って、みっちは泣きマネをしてみせた。
　なにをしてもかわいいみっちに思わず笑みがこぼれる。
「そうそう。みっち、落ちこんでたよね」
「そういうマイだって」
　どうしてここまで仲良くしてくれるのかはわからないけど、ふたりといると心が和む。
　信じてみてもいいよね？

このふたりなら信じられる。
「あ、そうそう！　発表があります！　あたしね、玲司と付き合うことになったよ」
　みっちが頬を赤らめてうれしそうに笑った。
　そして、うしろでたむろする男子の集団にチラッと目を向ける。
　なんだか、すごく幸せそう。
「おめでとう、よかったね」
「ありがとうー！　結愛っちはイケメンな彼氏とラブラブ？」
「え……？　あ……」
　……そっか。
　ふたりはまだ知らないんだっけ。
「あたしはいろいろあって……夏休み中に別れちゃったの！　あははっ」
　気をつかわせたくなくて、軽く笑いとばした。
　胸が痛んだことに気づかないフリをして、自分でもちゃんと笑えたと思っていた。
　だけどふたりの表情はみるみるうちに曇っていく。
「ムリに笑わなくてもいいよ？　ツラかったね」
「そうだよ？　結愛っち、愛想笑いヘタすぎだし」
　ふたりには本当のことを見抜かれてしまった。
「う、うん……ごめんね。ありがとう」
　心配させたくなかったのに、その気持ちがうれしくて。
　ふたりの優しさが心にしみて涙が込みあげてきた。

おかしいな。
　こんなに涙もろくなかったはずなのに、ちょっとしたことですぐ泣きそうになっちゃう。
　人の優しさがこんなに温かいなんて。
「あ、ほら！　今日は授業も午前中で終わるし、3人でパーッと遊びにいかない？　あ、でも、みっちは綾瀬とデートか」
「えー、行きたーい！　でも、今日はごめんね。明日なら大丈夫だよ」
「じゃあ明日行こうよ。結愛はどう？　明日、空いてる？」
　会話のスピードがメチャメチャ速い。
　あたしを置いて進んでいく話に、とまどうことしかできない。
　え？
　え？
　それって……。
「あたしも……行っていいの？」
　誘ってくれてるの……？
　初めてのことだからよけいにとまどう。
「当たり前でしょー。結愛を励ます会なんだから」
「あはは、そうだよー」
「あ……ありがとう」
「ちょ、なに泣いてんのー？」
「ご、ごめん……っ。うれしくて」
「結愛っち、かわいすぎー！　そんなことで泣かれたら、

うちらも照れるんですけどー」
　知らなかった。
　うれしくても涙って出るんだね。
　ふたりの気持ちがたまらなくうれしかった。
　それだけで、少しだけ自分が強くなれた気がしたんだ。

　なにが変わったのかと聞かれたら、それはたぶんあたしのなかの気持ちなんだと思う。
　みっちゃやマイといるのが楽しくて、1学期に比べると学校が楽しくなった。
　先輩や同級生からはいまだに『男好き』とか勝手なことをヒソヒソ言われることもあるけど、みっちとマイにはカン違いされたくなかったので、ちゃんと誤解だってことを説明したらわかってくれた。
　わかってくれたことがうれしくてまた泣いたら『泣き虫』ってふたりに笑われて。
　でも、そのあとギュッと抱きしめてくれた。
　全員にわかってもらえなくてもいい。
　信じてもらえなくてもいい。
　ふたりにわかってもらえただけで、それだけであたしは満足だった。
　たったそれだけで、モノクロだった世界に色がついたみたいだった。

「おはよ」

ガタッと椅子が引かれ、隣に人が座った。
　ふんわり優しいその声は、ついこの間の席替えで隣になったヒロトのもの。
　いちばんうしろの窓際(まどぎわ)があたしで、その隣がヒロト。
「あ、おはよう」
　ヒロトは今日も制服を着崩して、優しく笑っている。
　自分のことをすべてさらけ出したからなのか、夏休み明けはちょっと気恥ずかしかったけど、ヒロトはなにごともなかったように接してくれた。だからこそ、あたしもいつもどおりに接することができた。隣の席になってからというもの、小さなことでもよくヒロトに絡まれる。
「ん？　どうしたの？」
　カバンから教科書やノートを出して机にしまっていると、突き刺さるほどの視線を感じたので、聞いてみる。
　ヒロトは身体をこっちに向けて、頬づえをつきながらぼんやりあたしを見ている。
　真剣な顔に思わずドキッとしてしまった。
「昨日の帰り、呼びだされてなかった？」
「え？　昨日？」
　昨日……昨日。
　あっ。
　たしかに呼びだされたけど、ヒロトが心配するような女の先輩からの呼びだしじゃなかった。
　前にあたしが呼びだされたのを知ってるから、心配してくれてるんだよね？

「大丈夫だよ。みっちゃマイといるようになってから、あからさまに悪口を言われることも少なくなったし」
　そう思って返事をしたのに。
「は？　え？　いや、そういう意味じゃなくて」
　真っ向から否定されてしまった。
「昨日、男の先輩に呼びだされてただろ。その男に告られたんじゃないの？」
「え、あ」
　見られてたんだ？
　放課後だったし、ヒロトは教室にいなかったから知られていないと思っていた。
「教室の窓から、ユメと先輩が話してるのが見えてさ。告られてるっぽいなと思ったんだ」
「まぁ、そうだけど」
　なんとなくだけど、ヒロトには見られたくなかったな。気まずいし、恥ずかしいし。
「2年生の女子にモテてる先輩だろ？　付き合うの？」
「付き合わないけど……」
「ふーん、なんで？」
「なんでって聞かれても、よく知らない人だったから」
「知ってる奴だったら付き合うんだ？」
　なんだかムッとしているヒロトの突き刺すような目つきが怖い。
　すごく責められてるような感じだ。
「知ってる人だったとしても、付き合わないよ。好きじゃ

ないし……それに、あたしはまだ海里のことが……っ」
　好きだから。最後の言葉は飲みこんだ。
　前ほど苦しくはなくなったけど、思い出にするにはまだ時間が足りない。
　こんな気持ちのまま、ほかの人と付き合うなんて今はまだ考えられない。
「元カレに未練があるんだ……？」
「未練っていうか……。なんだろ。思い出すとまだ苦しいかな。なんでそんなこと聞くの？」
　これ以上話すと気分が沈んでしまいそうだったから、話題を変えたかった。
「気になるんだよ、ユメのことが」
　気になるって……。
　どういうこと？
　前に泣いてるところを見たから、心配してくれてるの？
　様子をうかがうようにヒロトの瞳をのぞきこむ。
　一瞬の間のあと、ヒロトは目を伏せながら答える。
「ごめん。やっぱ忘れて。俺が気にすることじゃねーよな。変なこと聞いて悪かった」
「え？　あ、うん」
　そのあとヒロトは前を向いてしまい、それ以上なにも言ってはこなかった。

　10月も半ばに入って、朝と夜はだいぶ肌寒くなった。
　暗くなるのも早くて、なんだか1日があっという間に終

わってしまう。
　今日も、もう少しすると暗くなっちゃうんだろうな。
　学校を出てひとりで駅まで歩いていると、少し離れたコンビニから見慣れた人が出てくるのが見えた。
　茶髪のゆるふわパーマのやわらかそうな髪と、スラッとした背格好。
「ヒロト！」
「おー、なにしてんだよ？」
　パッチリ二重の大きな目が驚いたように見開かれる。
「帰りだよ。ヒロトはマンションに行くの？」
「うん」
「ちょうどよかった。あたしも行っていい？　今、連絡しようと思ってたの」
「いいよ。ちょうどユメのぶんの飲み物も買ったとこだし」
　ヒロトはフッと優しく笑った。
「ホント？　ありがとう」
　さりげない優しさがうれしくて、思わずあたしまで笑顔になる。ヒロトが先輩のことを聞いてきて以来、ヒロトの様子に変わったところはない。放課後になると、あたしは今でも時々マンションへ通っていた。
　ヒロトのことはいまだになにも知らないけど、今では気兼ねなく一緒にいることができる。
　この関係を言葉で表すなら、友達とか親友というよりも『仲間』っていうのがピッタリ。
　それ以上でも以下でもない関係。

すごく居心地がよくて安心する。
　ずっと、こうやっていられたらいいのにな。
　合鍵をもらってはいたけど、ひとりで行くのはなんとなく気が引けて使ったことはない。
　ヒロトとふたりきりでもとくに話したりすることはなく、ダラダラして時間を潰すだけの関係。
「辰巳君ってよくフラッと消えるよね。つかみどころがないっていうか、ミステリアスな感じがするんだけど」
　ソファーにゴロンと横たわって、テレビ画面を見つめる。
　テレビの真正面のこの場所は、あたしの定位置だ。
　コの字型のソファーだから、ひとりのスペースは割と大きくて寝転んでも余裕ってわけ。
　ヒロトはあたしの斜め前に座って、少年誌をペラペラめくっている。
「なんで竜太のことを気にするの？」
「んー、気にするっていうか。疑問だよ、疑問。どこ行ってんのかなーって」
「女のとこ」
「え？」
「あいつ、ほぼ毎日のようにいろんな女の所に行ってんだよ」
「へぇ。モテるんだ」
「さぁ、どうだろうな」
「でも、いろんなウワサがあるし。あれだけカッコよかったら、モテるのもムリないよね」

ヒロトは突然、パタンと少年誌を閉じた。
　なんとなく雰囲気が怖いというか、聞いてはいけないことを聞いちゃったのかな？
　もしかして、あたし、よけいなことを言いすぎた？
　おそるおそる様子をうかがうと、ムッとして明らかに機嫌が悪そうだった。
　深く突っこんで聞いたあたしに怒っているのかな。
　そりゃ、友達のことをあれこれ詮索されるのは誰だって嫌だよね。
　ましてや、ふたりはかなり仲がいいわけだし。
「へ、変なこと聞いてごめんね？　これ以上は聞かないから、怒らないでよ」
　仲良くなった気になって、ついあれこれ聞いちゃったのが悪かったんだ。
「怒ってないよ」
「で、でも。なんか怖いよ」
　明らかにピリピリしてるんだけど。
　目つきも悪いし。
　なんとなく口調も冷たい気がする。
「ユメがあいつのことを気にするから」
「え？」
　スネたような目を向けてくるヒロトにポカンとする。
　あいつ？
　それって……。
「竜太のことが好きなのかよ？」

ヒロトの真剣な眼差しにドキッと胸が鳴る。
　さらには距離をつめられて、ドキドキは加速(かそく)する一方。
　整ったヒロトの顔が目の前に迫った時、熱のこもった瞳と視線が重なった。
　ヒロトのまっすぐな視線が胸を射抜いて、あたしの心臓はドキンドキンとうるさい。
「好きなの？　あいつのこと」
　手首をグッとつかまれ、下から顔をのぞきこまれた。
　うっ。
　そんな目で見ないでよ。
　それにさっきから、なにこれ。
　なんでこんなにドキドキするの？
　おかしいよ……あたし。
「好きだから、根掘り葉掘り聞くんだろ？」
「ち、ちが……っ」
「だったら……なんでだよ？」
「ど、どうしたの？　ホントに変だよ……」
　つかまれたところがすごく熱い。
　そこだけ火がついたみたいだよ。
　ホント……なに、これ。
　耐えきれなくて目を伏せる。
　すぐそばに感じるヒロトの体温に、尋常(じんじょう)じゃないほどドキドキして。
　緊張感が漂うなか、こっちのドキドキがヒロトに聞こえていませんようにと祈るしかなかった。

「ごめん。俺……なにやってんだ」
　パッと離れたヒロトの手と体温。
　ちらっと目をやれば、髪を掻きまわしながらバツが悪そうな表情を浮かべるヒロトがいた。
「マジでごめん。意味わかんないよな。俺も自分で自分の行動が理解不能」
「あー！」と言ってさらにやわらかいフワフワの髪を掻きみだすヒロトを、いまだにドキドキが鳴り止まない胸を押さえながら見ていた。
「マジごめん」
「う、ううん！　大丈夫だよ」
　平気なフリをして、そうは言ったけど、つかまれたところはいつまでも熱いままで。
　熱のこもったヒロトの瞳を思い出しては、ドキドキが鳴り止まなかった。

　数日後。
　お昼休みの教室で、みっちとマイと机を寄せあいながらご飯を食べていた。
　あたしは常にパンとかおにぎりだけど、みっちとマイはお母さんの手作り弁当。
　最初に見た時は少しだけうらやましく思ったけど、今はもう慣れてしまったのかなんとも思わない。
「結愛っちってさ、そろそろ彼氏ほしくない？」
　フォークでウインナーを突き刺したみっちが、それを口

に運びながらニッコリ微笑む。
「彼氏？」
　あたしはそんなみっちに首をかしげた。
「別れてから結構経つじゃん？　そろそろいいんじゃないかなーと思って。ほら、冬はクリスマスとかカウントダウンとかなにかとイベントもあるしさ」
「うーん、彼氏がずっといなくてそりゃさみしいけどね。でも、ほしいかって聞かれると微妙かな」
「かわいいのにもったいないっ。あたしの男友達が結愛っちを紹介してほしいって言ってるんだけど、１回会うだけでもどうかな？」
　みっちの友達？
　あたしのために言ってくれてるんだってわかるけど。
　わかるけど……。
「すっごい優しいから結愛っちにピッタリだと思うんだー！　それに、イケメンだよ」
「うーん、どうしようかな」
　正直、あまり気乗りしない。
「ね、お願い！」
「うーん、考えとくね」
「えー！　絶対お似合いなのにー！　実はもうほかに気になる人がいるとか？」
「き、気になる人……？」
　そう言われて、なぜかドキリとしてしまった。
　そしてまっ先に頭に浮かんだのは……ヒロトのこと。

な、なんで……!?
　いやいや、ありえない。
　絶対違う。
　考えを打ちけすように頭をブンブンと横に振った。
「結愛、長谷川と最近仲いいよね？　実はデキてるとか？」
　マイに不意にそう言われて、食べかけのおにぎりを机の上にボトッと落とす。
「な、なに言ってんの!?　そんなわけないじゃんっ！」
「ムキになっちゃってー！　あっやしー！」
「そうだよー？　大翔っちはイケメンだから、競争率も高いしー！　でも、絶世の美男美女カップル誕生だ」
「だだ、だから違うってばっ」
　あたしがヒロトを好きだなんて、ありえないんだからね。
　絶対に違うもん。
　そう……絶対に。
「すんごくお似合いだと思うけどなー。もしふたりが結婚したら、超絶かわいい子が生まれそう」
「あー、わかるー！　っていうか、見てみたーい！」
「な、なに言ってんの……！」
　あまりにも突拍子のない言葉についていけない。
　け、結婚だなんて！
　ホントに、なに言っちゃってんの!?
　いくら否定しても聞く耳をもってもらえなくて、結局誤解は解けなかった。
　違うって言ってるのに、どこまで話が飛躍するんだか。

想像力ってすごい。
　昼休みも終わりかけの頃、隣の席にヒロトが戻ってきた。
　ヒロトは毎日、教室のうしろの床に座って辰巳君や綾瀬君とお昼休みをともにしている。窓側のあたしの席のまうしろで、3人で輪になってなにやら楽しそうだ。
　たぶん……あたしたちの会話は聞こえてないはず。
　聞こえてたら、恥ずかしすぎてどうにかなっちゃうよ。
　席に戻ると隣のヒロトに声をかけられた。
「さっき3人ですっごい盛りあがってたけど、なに話してたの？」
「え？」
　ギクッとしておそるおそるヒロトの顔を見る。
「べ、べつに！　なにも」
　っていうか、言えるわけないし！
「ふーん、けどさ。マジでかわいいかもね、俺らの子ども」
　ん……？
「えっ!?」
　ええっ!?
　なに言っちゃってんの!?
　クスクス笑うヒロトは、イタズラッ子のような表情であたしを見ている。
「き、聞こえてたの!?」
　ウソでしょ？
　わー！
　恥ずかしすぎるよっ！

「あんなに大きな声で話してたら、嫌でも聞こえるだろ。クリスマスまでに彼氏作るんだっけ？」
　頬づえをつきながらしれっと答えたヒロトは、恥ずかしがるそぶりなんていっさい見せずに笑っている。
「ウ、ウソ」
　それも聞かれてたんだ？
　げげっ。
　ってことは……！
　ヒロトのことが気になってるっていう話のくだりも、聞こえてたの!?
　ど、どうしよう……。
　恥ずかしすぎるんだけど！
　ヤバい。
　顔から火が出そう。
　頬に熱がこもって、まっ赤になっていくのがわかる。
　さらに。
「マジで作っちゃう？　俺らの子ども」
　なんて言ってクスクス笑うから、よけいに恥ずかしくてさらにまっ赤になった。
「つ、作るわけないでしょ！　バカじゃないの！」
　からかって楽しんでるんだってことはわかってるけれど、ついついムキになって反論してしまう。
　もう、困らせるようなことばっか言わないでよ。
　バカバカ、ヒロトのバカッ！
　冗談にもほどがあるでしょ。

バカー‼
「ははっ、ユメってなんでも真に受けるよな。まっ赤になってウブだし」
「う。仕方ないでしょ？　ヒロトのせいなんだからね」
　わざとらしくじとっと見やっても、ヒロトは悪びれるそぶりなんて見せない。
　それどころか、まだおかしそうにニヤニヤと笑っている。
　なによー！
　もう知らない！
　机に突っ伏してスネたフリをした。
「スネるなよ」
「うるさい」
「悪かったって」
「思ってないくせに」
　思いっきりバカにして楽しんでるような顔だったもん。
「はは、バレた？」
「…………」
　なにこの人！
　ホントにもう知らないんだからねっ。
「悪かったって」
「許さない」
「根にもつタイプかよ」
「……かなりね。これがホントのあたしなの」
「おー、いいじゃん」
　そんな声が聞こえたかと思うと、頭をポンポンとなでら

れた。
　優しくて温かいヒロトの手の温もりに、心臓が大きく飛びはねる。
「そうやって、思ってることズバズバ言うほうが絶対にいいよ」
　ううっ。
　さっきまでからかっていたかと思えば……。
　今度はご機嫌取り？
　ダマされないんだからねっ。
　文句のひとつでも言ってやろうと思って起きあがった。
　だけど――。
　――ドキン。
　穏やかに笑うヒロトと目が合った瞬間、そんな気持ちはどこかに吹きとんで。
　代わりにドキドキと胸が高鳴りはじめる。
　な、にこれ。
　なんで……ヒロトにこんなにドキドキするの？
　どこかから視線を感じてその方向へ目を向けると、辰巳君と目が合いクスッと笑われた気がした。

Forever 4

とまどい

「また大翔っちのこと見てるー!」

　体育の授業でのウォーミングアップ中、女子だけでゾロゾロと校庭を走っているところにみっちに脇腹を小突かれた。

「み、み、見てないよっ」

「ふふっ、ウソばっかりー!」

「たしかに、さっきからチラチラ気にしすぎではあるよね」

　今度はマイがクスッと笑った。

　シュシュで結わえた綺麗な黒髪が、サラサラと左右に揺れている。

　屈託のない笑顔が、なんだか今は憎らしい。

「だから見てないってばっ!」

　身振り手振りで必死に否定しても、聞く耳をもってもらえない。

　ふたりは、完全にあたしがヒロトを好きだとカン違いしてる。

　そう、カン違い……。

　そうだよ、だって好きとかじゃないもん。

　ありえないよ。

　好きとかじゃ……ないもん。

　正直、今のあたしは自分の気持ちがよくわからない。

　海里のことを思い出して泣くことはなくなったけど、今

でも胸が苦しくて仕方ない。
　それって未練があるってことなのかな。
　いろいろ考えてたらよけいにわからなくなって、今ではあんまり考えないようにしている。
　だけど、なぜか。
　ヒロトが気になるのはたしかだった。
　ふたりが言うように、さっきだってホントはヒロトのことを見ちゃってたし。
　男子は今日はサッカーをしていて、ヒロトは余裕の笑みを浮かべながらピッチに立っている。
　辰巳君や綾瀬君とは同じチームみたいで、さっきから3人の連携プレーがすごくて、思わず目で追ってしまっていた。
　見ているのはあたしだけじゃなくて、ほとんどの女子がそこに目を向けてキャーキャー言ってる。
「ヤバば、辰巳君マジでカッコいい」
「惚れるよね！　ホントにイケメンすぎる。でも、あたしは長谷川君派だなー。王子様みたいだし」
「あたしもー！」
「あー、ずっと見てたいよ」
　男子の姿を見たいがためにわざとダラダラと走る女子もいるほどで、先生は「早く戻ってこい！」と大声を張りあげている。
　改めて辰巳君とヒロトの人気っぷりを思いしった。
　女子の種目は、走り幅跳びだったけど、自分の番じゃな

い人はほとんど男子に釘づけだった。
　そんな視線に気づいているのかいないのか、ヒロトはいつもと変わらない余裕の表情。
　きっと自分がモテることをわかっているんだろうけど、取り巻きの女子たちにはいっさい目もくれずに、時々フザケたりしながら笑っている。
　こうしてると、普通の男子に見えるのにな。
　ヒロトは無愛想な辰巳君とは違って、教室では女子にも男子にも当たり障りなく接しているし、誰に対しても態度を変えたりしない。
　だけどたぶん、それは興味がないだけなんだと思う。
　淡々と笑いながら、すべてを淡々とかわしている。
　表面上はうまく付き合っているように見えるけど、ヒロトはやっぱり他人とは一線を引いているように見えた。
　それはあたしに対しても同じで、辰巳君はあたしだけは特別だって言ってくれたけどそうは思えない。
　それが時々さみしいと思うのは、あたしのなかでヒロトの存在が大きくなってきたからなのかもしれない。
　仲間なのにっていう気持ちが、心のどこかにあるんだ。
　でも。
　だからこそ、そんなヒロトがあたしに告白してきた人のことを気にしてくれたり、辰巳君のことを好きなのかって気にしてくれたり、『できる限り力になるから』って言ってくれたりしたことはうれしかった。
　他人には興味を示さないのに、あたしには興味をもって

くれてるってことだよね？
　まぁ、辰巳君のことを聞かれた時は責められてる気がしてかなり怖かったけど。
　ヒロトも自分の行動をよくわかってなかったし。
　あれは……いったいなんだったのかな？

　３日後の昼、今日のあたしは朝からワクワクしている。なぜなら、みっちとマイと放課後に遊びにいく約束をしているから。
　前に３人で遊びにいった時もすごく楽しくて、ずっと笑っていた。あたしを励ます会だったけど、楽しくて楽しくて嫌なことを全部忘れられた。ふたりと一緒にいると楽しいし、自然と笑顔になれる。
「うれしそうだな。いいことでもあったの？」
　え？
　隣を見れば、頬づえをつきながら冷静にあたしを見つめるヒロトの顔。
　なんだかまたムッとしてスネてるみたい。
「うん、実はね……」
「なに？　元カレとヨリでも戻した？」
　なんで、そんな聞き方するの？
　やけにトゲのある口調に疑問を感じる。
　それに、また責められているような気がしてしまった。
「もう終わったんだから。いちいち蒸し返さないでよ……」
　別れてから、海里とは一度も連絡を取っていない。

っていうか。
　あんなところを見せつけられたから、取ろうという気さえ起こらない。
　そう思えるってことは、やっぱり少しずつ海里とのことを、自分のなかで、過去のことにできているってことなのかな。
　……うーん。
　よくわからない。
　みっちとマイと遊びにいくことを切りだすことができない。そんな雰囲気じゃなくなった。
「けど、やり直したいって言われたらやり直すんだろ？」
「それは……ない。かなり傷つけられたし」
「でも、まだ好きなんだよな？　気持ちがある以上は、わかんねーじゃん、そんなの」
「ヒロトさ……最近ホントに変だよね。どうしたの？」
　あたしのことを心配してくれてるからだって思ってたけど、ここまであからさまだと、もしかして妬いてるのかなってありもしない考えがわきおこる。
「べつに、どうもしないよ。悪かったな、変なことを聞いて」
　プイと目をそらし、ヒロトは前を向いた。
　その横顔は、やっぱりまだ不機嫌そう。
　カン違い……。
　だよね。
　そうだよね。
　うんうんと自分に言いきかせ、教科書を出して次の授業

の準備をはじめる。
　少しだけ胸がチクッと痛んだことには、気づかないフリをして。
　そして放課後、みっちとマイとカラオケに行った。たくさん歌って騒いで、落ちついた頃に話題になるのはやっぱり恋バナ。
　みっちと綾瀬君は、とてもラブラブで、話を聞いているだけでも、お互いが相手を想いあっていることが伝わってきた。
　ニヤニヤしながらのろけるみっちに、マイとあたしは苦笑い。
　でもとても幸せそうで、そんなみっちを見ているだけであたしまでうれしくなった。
　マイは好きな人も彼氏もいなくて、恋愛は面倒だと言っている冷めたタイプ。でも恋バナを聞いたりするのは大好きで、みっちと一緒になってよく盛りあがっている。
「結愛っちは、ぶっちゃけどうなのー？　大翔っちのこと、どう思ってる？」
「どうって、べつに」
「またそれー？　いいと思うけどなぁ、大翔っち。だって、結愛っちって、大翔っちにめちゃくちゃ愛されてるし」
「な、なにそれ。そんなわけないよ」
　愛されてる？
　ありえないよ。
「いやいや、見てたらわかるじゃん。大翔っちって、今ま

で誰にでも一線引いてる感じだったけど、結愛っちに対しては違うと思う」
　みっちの言葉に、マイもうんうんとうなずいている。
　ふたりがそんなことを言うもんだから、なぜかヒロトのことを意識してしまう。
　毎朝、教室でまっ先に目に入るのはヒロトの席。
　だいたいあたしのほうが早いけど、たまにヒロトが先に来ている時もあって。
　そんな日はうれしくて胸が弾んだ。
　ヒロトと目が合って、優しく笑ってくれると、ドキドキした。
　なんで？
　どうして？
　ありえないよ。
　ありえないのに……気になる。
　この気持ちがなんなのか、この時にはもう気づいてた。
　なんでこんなにも気になるのか。
　どうしてヒロトにドキドキするのか。
　でも、あたしは自分の気持ちにちゃんと向きあうことから逃げてしまってたんだ。

　数日後。家の中は夏休みからずっと変わらない状態で、母親は以前に比べるとずいぶん痩せてしまった。このままじゃダメだということはわかっているけど、「結愛ちゃんはなにもしないで」という母親の無言の圧力もあって、あ

たしにはどうすることもできない。
　広大は学校へはちゃんと行っているものの、帰ってくるのは夜遅くて、毎日なにをしているんだろうとあたしは考えるようになった。前まで自分のことでいっぱいいっぱいだったけど、少しずつ周りが見れるように気持ちに余裕ができてきた証拠なのかな。
　母親は今では泣くことはなくなったけど、同時に笑うこともなくなった。口数も減って、あたしを見るといつも申し訳なさそうな表情を浮かべる。
　風大も情緒不安定で、いつも母親の顔色をうかがっているし、パパは出張でいつ帰ってくるのかさえもわからない。
正直、崩壊寸前のような気がする。
　このまま黙って見過ごせば、状況はさらに悪くなる一方だというのに、あたしにはこのままになにもできないのかな。
　できるわけ……ないよね。
　だって、あたしだもん。今まで、どんなことからも逃げつづけてきたんだもん。
　このままでいいわけがないことはわかっている。でも、なにをどうすればいいのかがわからない。
「人って、変われるのかな？」
　ある日の放課後、まだ学校に残っていた隣の席のヒロトに疑問をぶつけた。
　ヒロトはマジマジとあたしの顔を見つめながら、怪訝そうに眉をひそめる。
「なんだよ、突然」

「ふと思っただけだよ」
「変われるかどうかは、自分次第なんじゃん？　心からそう願ったら、変われると思うよ」
「あたし、変わりたい。もっと、強くなりたい。なにごとからも逃げないで、きっちり向きあえるような……そんな人になりたい」

　人を信じることができたように、もっと強くなりたい。
　そしたら、なにかが変わる気がする。
「前に言っただろ、ユメは強いって。芯が強くてブレないところは、誰にも負けてないと思う」
「ううん、今のままじゃダメなの」

　あたしは強くなんかない。強い人っていうのは、何事からも逃げない人だと思うから。あたしは、そんな人になりたい。

　みっちゃマイとの友情、ヒロトの優しさや辰巳君との関わりのなかでそう思えるようになった。人はひとりでは生きていけない。誰かと関わることで、強くなっていくんだ。

　昼休みが終わって教室に戻ると、亜子ちゃんからメッセージが来ていることに気がついた。
『今日会えない？　授業が早く終わるから、結愛ちゃんの学校の前まで行くね』
　空いてるともなんとも返事をしていないのに、勝手に会う場所まで決めてしまっているところは、やっぱり亜子ちゃんだなぁと思えて笑ってしまった。

『うん、会おう^_^待ってるね』
　そう返して、スマホをブレザーのポケットに入れた。
「結愛ちゃーん‼」
　ビューっと風が吹き荒れるなか、亜子ちゃんがあたしに気づいて大きく手を振る。
　目立つ赤のチェックのマフラーをした、愛嬌のあるかわいい笑顔の亜子ちゃんのことを、通りすぎていく同級生や先輩たちがちらちら見ていた。
　そんななか、あたしは大急ぎで亜子ちゃんのもとへ駆けよった。
　突き刺さるような視線が痛い。
　男子からの視線には好意がこもっているけど、女子からは悪意しか感じない。
　でも、今はもうなんとも思わない。
　信じてくれる人がいるから。
「ごめんね、お待たせ」
「いえいえ、今来たとこだよ」
　夏に会った時はボブカットだった亜子ちゃんも、今では肩につくくらいまで髪が伸びた。
　それ以外はとくになにも変わっていない。
　相変わらずかわいいな。
「今日はねー、甘い物でも食べにいこ」
「甘い物？」
「うん、ケーキバイキングの券があるからさ！　あ、甘い物嫌いだったっけ？」

亜子ちゃんは、甘い物を食べるの？　と聞き返したあたしに不安気な顔をしてみせる。
　どこかに行く前に、あたしの意向(いこう)を確認してくれたのは今日が初めてだ。
「ううん、大好きだよ」
「やった！　なら今日はたくさん食べようよ」
　あたしの腕を取りながら、キャッキャと騒ぐ亜子ちゃん。
　ケーキ屋さんは駅の近くにあり、最近の出来事をあれこれ話していたら、あっという間に着いてしまった。
　最初は苦手だと思っていたけど、今では亜子ちゃんも心を許せるうちのひとりだ。
　あれだけ、誰のことも信用しないって決めてたのに、人の気持ちってここまで変わるんだね。
「そういえばね……」
　1個目のケーキを食べている間、お互いふれないようにしていたけど、一緒にいるとやっぱり話がそっちのほうに行ってしまう。
　急に神妙(しんみょう)な面持ちをした亜子ちゃんを見て、これからなにを言おうとしているのかわかった気がした。
「最近……太陽と電話で話したんだ」
　そう言った亜子ちゃんの目が、だんだん涙目になっていくのを見て、あたしも胸が締めつけられる。
「あの時は、傷つけてごめんって言われちゃった」
　唇を噛みしめながら、亜子ちゃんは泣くのをガマンしている。

きっと亜子ちゃんは、まだ太陽君への未練でいっぱいなんだろう。
　今にも泣きだしそうな、そんな顔だった。
「ホント、今さらなんなのって感じ……っ。でも……っ、まだ、好きなんだぁ。バカ、だよね……っ、あんなにひどいことされたのに」
　ポロポロと涙を流す亜子ちゃん。
　目をまっ赤にして、感情のままに泣いている。
　亜子ちゃんの気持ちが痛いほどわかって、あたしまで泣きそうになった。
「ごめ、ね……っ、泣くつもりなんて…なか……ったのに」
「ううん……思いっきり泣いていいよ」
　泣きやむまで、ずっとそばにいるからさ。
　ホントは泣きたかったんだよね？
　さっき会った瞬間から、亜子ちゃんは笑ってたけどとてもさみしそうだったもん。
　亜子ちゃんは、うつむきながら肩を震わせつづけた。
　しばらくして亜子ちゃんは泣きやんだ。
　ケーキバイキングのために来たのに、そんな雰囲気ではなくなってしまい、それと同時にふたりとも食欲までなくなって、結局それぞれ1個食べたところでお店を出た。
「ごめんね、亜子から誘ったのに」
「ううん！　会えただけでも、あたしはすごくうれしかったから」
　それはホント。

お互いツライことを共有したからなのか、亜子ちゃんのことはいろんな意味で気になっていたんだ。
「ゆ、結愛ちゃん……っ！　亜子、うれしいっ！　大好きだよ」
　そう言いながら、あたしの腕にギュッと抱きついてくる亜子ちゃんを優しく抱きしめる。
「あたしも、亜子ちゃん大好き」
「えへへ、ありがとう。また遊んでくれる？　今度はお互いイケメンの新しい彼氏を連れて、ダブルデートしようよ」
「うん、そうだね」
「約束だよ。ツラかったぶん、幸せになろうね」
　うんとうなずき、駅までの道のりを並んで歩きだす。
　駅の階段を上ろうとしたところで、前から走ってきた人とぶつかった。
　その人は学ランを着たガタイのいい男の子で、ぶつかったあたしに見向きもしないで、そのまま走っていってしまった。
　でもそれは、あたしがよく知る人だった。
　明るい茶髪に、キラリと光る右耳のピアス。
　通りすぎる時に見えた横顔は無表情。
　見間違えるはずもない。
「亜子ちゃん、ごめんっ！　ちょっと用事ができたからひとりで帰ってもらえる？　ホントにごめんねっ！　また連絡するから！」
「え？　結愛ちゃ……」

「ごめんっ！」
　返事も聞かずに駆けだした。身体が勝手に動いて、そうせずにはいられなかった。
　繁華街の細い路地を曲がっていく姿が遠くに見えたから、あわててあとを追う。
　夕方の時間は、通勤、通学帰りの人が行きかい、かなり混雑していて走りにくかったけど、ぶつかりながらも必死に足を動かした。
　早く早く早く！
　見失っちゃう！
　先を急ごうと焦ってしまい、勢いよくぶつかってしまう人たちに、嫌な顔をされた。
「すみません」と言いながら、とにかく走った。
　今追いつかなきゃ、きっと手遅れになる。
　だから、絶対に見失うわけにはいかない。
　細い路地を曲がろうとした瞬間、ものすごい力でうしろから腕を引っぱられた。
「きゃあ」
　勢いのあまり、そのまま倒れそうになる。
　だけど、大きくて逞しい腕があたしの身体をうしろから支えてくれたので倒れずにすんだ。
　耳にかかる吐息と密着する身体。
　すぐそばに感じる体温に鼓動がドキッと鳴る。
　な、なに……？
　誰？

「なにやってんだよ？」
「え？」
　はぁはぁと息があがるあたしの耳もとに、低く冷静な声が響く。
　振り返るとそこには、真剣な表情で細い路地の奥を見据えるこれまた知った顔。
「ヒ、ヒロト……っ」
　相手がヒロトだと知って、ドキドキが一気に加速する。
　つかまれた腕もジンジン熱くて、頭がクラクラするよ。
　こんな時なのに、完璧に意識しちゃってる。
　それにしても、なんでヒロトが……。
　って、考えてる余裕なんてあたしにはない。
「は、離してっ！　大事な用事があるの！」
　今追いかけなきゃダメなんだ。
「そっちは危険だから、絶対行っちゃダメだ」
「そんなの関係ないよっ！　行かなきゃダメなの！」
　手を振りはらおうとするけど、ヒロトの手の力が強すぎてかなわない。
　ヒロトが言う『危険』の意味がわからないけれど、今は追いかけることしか頭にない。
「お願いだから離して……！」
「離さねーよ」
　淡々とした冷静な声が『少し落ちつけ』と言っているようだったけど、こんなに淡々とされたんじゃよけいに熱くなってしまう。

「なんで!?　あたしは行きたいの！　じゃないと、見失っちゃう‼」
「俺は行かせたくない」
「お、お願いだから！　手遅れになっちゃうよ……っ」
　こうしている間にも、どんどん追いつけなくなってしまう。だから早く追いかけなきゃいけないのに。
　振りほどけない腕がもどかしい。
「ユメはなんもわかってないな」
「え？　ちょっ……！」
　わかってないって、なにが？
　聞き返そうとしたけど、それどころじゃなくてできなかった。
「お願いだから行かせてよ！　ヒロト！」
「ムリ。おまえ、ホントにしつこい」
　あたしの意思とは無関係にズルズルと反対方向へ引っぱられ、その場から離れていってしまう。
　ヒロトの力が強すぎて、非力なあたしが抵抗してもビクともしない。
　ヒロトは、溜まり場があるマンションまで来ると、ズボンのポケットから鍵を出して無言で4階まで上がり、403号室のドアを開けた。
　入った瞬間、両手首をつかまれて玄関の壁に背中を打ちつけられる。
　密着するように、目の前にはヒロトの顔と身体が迫っていた。

「な、なに……？　なんでこんなこと」
「なんもわかってないから」
「な、なにそれ。意味わかんない」
　ヒロトの言うことは、やっぱりいまだによくわからない。
　耳にかかる吐息が、ふれあう全身が、ヒロトを意識しすぎるもとになってクラクラする。
　ゆるふわパーマの髪が頬をかすめたと同時に、色気のある熱のこもった瞳と目が合った。
　上から見下ろされる形になり、あとほんの数センチで唇がふれあいそう。
「な、なにする……っ」
「おまえが悪いんだからな」
　え……？
　ささやくような声が耳もとで聞こえたかと思うと、そこからはホントに一瞬だった。
「んっ」
　気づくと、あたしの唇はヒロトに塞がれていた。
　やわらかいその感触に目を見開いたまま固まる。
　な、に……？
　なにが起こってんの？
　意味が……わからないよ。
　慣れたように目を閉じているヒロトを見て、なぜだか胸が締めつけられる。
　誰にも本気になれない。
　好きとか愛とか、よくわからない。

前にそんなことを言っていたのを思い出した。
　好きじゃなくても、愛がなくても、ヒロトは誰にでも簡単にこんなことができちゃうんだ。
　唇はすぐに離れたけど、押さえつけられた手首と密着した身体はいつまでも離れない。
　鋭い視線が向けられていることがわかって、顔も上げられなかった。
　ヒロトがどんな表情をしているかはわからないけど、きっと怒ってる。
　そう思わせるような視線だった。
　ふだんあたしのことを『おまえ』なんて言わないもん。
　胸が押しつぶされるような感覚がして、激しくギュッと痛む。
　今まで、誰にでもこうやってきたんでしょ？
　そう考えると苦しくてツラくて、泣きたくもないのに涙があふれた。
　だけど、泣かない。
　ヒロトの前では絶対に泣かない。
　面倒くさい奴だと……思われるもん。
「無理やりこんなこと、されたくないだろ？」
　上から降ってきた声におそるおそる顔を上げる。
「な、に？　どういうこと？」
　わけがわからないよ。
　っていうか、ムリやりされたくないかって。
　そんなの当たり前じゃん。

「あのままあの道を走っていってたら、確実にやられてただろうな」
「え……？」
　あのまま……走っていってたら？
　ヒロトが呆れたようにため息を吐く。
「マジでバカだよな、ユメは。考えナシの大バカ」
「な、なによ。２回も言わないでよね」
　バカじゃないし。
「あの奥にある一帯は暴力団の巣みたいなもんだから、この辺のことを知ってる奴は、男だろうと女だろうと絶対に近づかない場所なんだ」
「え!?」
　ぼ、暴力団……!?
　あたし、そんな所に行こうとしてたの!?
　でも、だけど。
　じゃあ、あそこを通る人は暴力団関係者ってこと？
「ど、どうしよう……だったら、広大が危ないよ！」
　だって曲がっていくのを見たんだ。
　なにも知らずに行ってしまったんだとしたら……。
　顔からサーッと血の気が引いていく。
　もし、危ない目に遭ってたら。
　そう考えると、いても立ってもいられなかった。
「すぐに助けにいかなきゃ！」
　目の前にいるヒロトの腕を振りほどき、手で胸を押し返すとすぐに身体が離れる。

力を抜いているのがわかったから、今度こそうまく逃れられた。
「落ちつけ」
　出ていこうとしたあたしの腕だけはしっかり握って、離してくれなかった。
「は、離してっ……！　助けにいかなきゃ！」
「大丈夫だから落ちつけって！　おまえが行ったって、なんの役にも立たねーだろうが。危ない目に遭いたいのか？」
　いつも冷静なヒロトがめずらしく声を荒らげて、本気モードに入っている。
　今まで見たことがないくらい鋭くにらまれて、ヒヤッとさせられた。
　だけど……あたしは黙っていられなかった。
「そうかもしれないけど、行きたいんだってば！」
「だから大丈夫だっつってんだろ？　マジで落ちつけって」
　腕を引っぱられ、再びあたしの身体がヒロトに向かって引きよせられる。
　気づいた時には、逞しいその腕にスッポリとおおわれていた。
　──ギュッ。
　抱きしめられて言葉を失う。
　どうして……？
　なんでこんなことをするの？
　あたしを落ちつかせるためだけにしてるのなら、なんてひどい人なんだろう。

あたしがドキドキしてるのも知らないで、思わせぶりなことばかりしないでほしい。
「……わかった、落ちつくから。離して」
「…………」
「ヒロト……？」
　ギュッと抱きついたまま離れようとしないヒロトの態度に、首をかしげる。
　ドキンドキンと高鳴るあたしの胸の音が聞こえてしまわないか不安だった。
「ねぇ……離してよ」
「ごめん……ムリ」
　ささやくようにボソッと聞こえたその声。
「え？」
　よく聞こえなかったんだけど。
　今、ムリって言った？
「つーか、離したくない」
「なんで……？」
「わかんないけど……なんでだろうな」
　はぁ？
　なんで？ってこっちが聞いてるのに。
　わけわかんないことばっか言わないでよ。
　振りまわされるこっちの身にもなってほしい。
「俺、ユメと話すようになってからマジでおかしいよな？」
「そ、そんなの知らないよ。前のヒロトを知らないんだから」
「それも、そうだな。でも、絶対に変だ。だって、今まで

自分からこんなふうに抱きしめたり、イラついてキスしたりしたことなんてなかったのに」
　そう言ったヒロトの腕はかすかに震えていた。
　自分で自分の行動にビックリしているよう。
「それに……なによりも」
　耳もとで甘い声が響く。
　ゾクリと全身が震えた。
「俺、今すっごいドキドキしてる」
「!?」
　な、なに言ってんのこの人。
　そりゃあたしだってドキドキしてるけど。
　でも、そうやって淡々と冷静に言われてもホントだとは思えない。
　だけど、ウソにも聞こえなくてよけいにとまどう。
「ユメが男に告られた時も、ホントはすっごいムカついてさ。あの男と付き合うのかって考えたら、とにかくイライラして落ちつかなかった」
　えっ!?
　イライラして落ちつかなかった？
「元カレのことだって……未練ありまくりなんだって考えたら、イライラして。頭のなか、おまえのことでいっぱいになって、苦しくて……」
　切なげな声に胸が締めつけられる。
「なぁ。この気持ち……なんだと思う？」
　――ドキンドキン。

「ユメとこうしてると、胸の奥から温かい気持ちがあふれてきて……すっげー落ちつく。俺、初めてなんだよ、こんな気持ちになるの」
『なんだと思う？』と耳もとで再びそうささやかれて、あたしはまっ赤になりながらうつむくしかなかった。

打ちあけられた真実

　——バァン！

　けたたましくドアが開き、反動で身体がビクッと震えた。

「先輩！　探してた奴、見つかりましたっ！」

　え……？

　な、なに？

　あまりにも大きなその音と、いきなり現れたヒロトの後輩君たちを見て唖然とする。

　しかも、後輩君はなにやら気まずそうな表情を浮かべているし。

「も、もしかして、お邪魔だったっすか？　どう見てもお取りこみ中っすよね」

　バツが悪そうにあたしたちから目をそらす彼らの姿を見て、ようやく客観的に自分が置かれている現状を把握(はあく)した。

　あ、あたし、抱きしめられたままだったんだ！

「ヒ、ヒロト。離して」

　恥ずかしさのあまり、ヒロトの身体をグッと両手で押して離れる。

　心臓がバクバク激しく鳴っていた。

　人に見られるなんて。

　恥ずかしすぎるよ。

「いや、問題ないよ。で、見つかったって？」

　ヒロトはさっきの甘い声とは打って変わって、いつもの

淡々とした口調で後輩君たちの前に歩いていく。
　ヒロトは、ニッコリ笑っているけど、目が笑っていないからなんとなく雰囲気が怖い。
　うしろ姿を見ているだけでも、そこからピリッとした空気が伝わってきた。
　後輩君もそれを感じとったのか「タイミングが悪くて、ホント申し訳ないっす」とペコペコしている。
「で、本人は？」
「あ、今ハヤトたちが連れてきます」
「そっか。ご苦労様」
「いえ、長谷川先輩のお役に立ててうれしいっす！」
　会話の流れについていけない。
　いったい、ふたりはなんの話をしているの？
　ポカンとしていると、ドアのあたりが騒がしくなりはじめた。
「離せよっ！　俺にさわるんじゃねー！　なんなんだよ、おまえら！」
　誰かの怒鳴り声が聞こえてくる。
　その声は聞きおぼえがある……。
　いや、まさか。
　誰かが暴れているのか、なにかがこわれたガシャンという大きな音まで聞こえて不安になった。
　な、なに……？
「来たみたいだな」
　ヒロトがささやいたその時、ドアから大声の主(ぬし)が入って

きた。
「離せっつってんだよ！」
　その人は威勢のいい声を張りあげてジタバタしているけど、両脇をガタイのいい男子にきっちり固められて逃げられる状態じゃない。
「こ、広大……っ！」
　なんで、ここに⁉
「ユメが走ってるのが見えて、誰かを追いかけてるってわかったから、すぐ後輩に電話して探させてたんだよ。だから大丈夫って言っただろ」
　わけがわからずとまどうあたしに、ヒロトの冷静な声が飛んでくる。
　……そっか。
　後輩君たちが広大を探しているのを知ってたから、大丈夫だなんて言えたんだ。
　それならそうと、もっと早くに言ってくれたらよかったのに。
　ヒロトはあたしの家の事情を知ってるから、追いかけてるのを見てピンときたのかもしれない。
　なにはともあれ、とりあえずホッとした。
　広大はあたしに気づくと、目を大きく見開いた。
「なんで……いんだよ？　それに、なんなんだよこいつら。名前を確認されたあと、いきなり拉致されて。わけわかんねーよ」
　広大の瞳がとまどうようにキョロキョロと揺れている。

逃げる気力を失ったのか、もう暴れてはいなかった。
　それよりも、あたしとこんなところで会った驚きのほうが大きいんだと思う。
「さっき外で広大とぶつかったんだけど、気づかなかった？　その時に広大だってわかって追いかけたの。とっても危ない場所だからって、代わりにみんなが探してくれたんだよ。ねぇ……毎日どこでなにやってんの？　なんで家に帰ってこないの？」
　ゆっくり広大のほうに向かって歩いていく。
　広大の顔をこんなにじっと見るのはいつ以来だろう。
　考えてみると、一緒に住んでいても、ほとんど顔を合わせることがなくなっていた。
　かつてのかわいらしい面影がなくなってしまった広大。
　いつもニコニコ笑ってたのに、いつからそんなさみしい目をするようになったんだろう。
「関係ねーだろ？　なんなんだよ、今さら」
　広大は突きはなすかのようにプイと顔をそむけ、これ以上なにも聞くなという雰囲気を醸しだす。
　だけどこれじゃあ、なにも変わらない。
　夏頃から様子がおかしかった広大から目をそむけてきたけど、ここで逃げたらダメだ。
　もう……嘆くだけの自分は嫌だから。
　自分のことと、広大を比べるのはやめよう。
　……変わりたいから。
　そのためにも、今、ちゃんと広大と向きあわなきゃ。

強くなるって決めたから。
「結局、誰なの？　あいつ。ユメさんの元カレ？」
「すっげー修羅場じゃね？」
　後輩君たちがヒソヒソ話す声が聞こえる。
「おまえら、ちょっと黙ってろ」
　いつの間にか来ていた辰巳君が、そんな彼らを制する。
　あたしはゆっくり近づいて広大の目の前に立った。
　シンと静まり返り、鼓動がドクドク音を立てているのが聞こえる。
「関係なくないよ。広大は……あたしの大事な弟だから」
　今まであんまり関わろうとしてこなかったけれど、広大が生まれてからずっと一緒に育ってきたわけだし、情がまったくわからないと言えばウソになる。
　それに……家族だから。
「は、よくそんなことが言えるな。俺とはまったく血がつながってねーのに！」
　大きな声があたりに響いた。
　え……？
　今、なんて言った？
　まったく血がつながってない……？
　なに、それ。
　どういうこと？
　目を大きく見開く。
　広大がなにを言ってるのか理解できなかった。
「どういう……こと？」

だって、広大は母親とパパの子でしょ？
　だから、あたしとは半分だけ血がつながってるはず。
　それなのに。
「今年の夏休みに入ってすぐに、ホントの父親だって名乗る男が俺に会いにきた。そいつ、あの最低女と不倫してたって。俺はその時にできた子だって言いやがったんだよ」
「え……」
　全身に衝撃が走った。
　まったく想像していなかったような信じられないことだらけで理解に苦しむ。
　不倫……？
　母親とパパの仲が悪かった記憶はない。
　母親が、パパ以外の男性と……？
　むしろ、母親のほうがパパを好きなように見えた。
「ウソ、でしょ？　だって……」
「ウソじゃねーよ。あの最低女に問いつめたら、あっさり認めやがった。不倫は否定してたけど、俺は間違いなくあの男の子どもだって！」
「で、でも……そんなの」
　だって、なんで？
　ウソだと言いきれる根拠はないけど、信じたくない。
　信じられない。
「ウソじゃない。あの女、ずっと俺らをダマしてやがったんだよ！　親父だって、ずっとダマされてたんだよっ！」
「で、でもっ……なにかの間違いなんじゃ」

声が震える。
　母親の味方をしてるわけじゃないけど、やっぱり信じられなかった。
「姉ちゃんさ……俺の血液型がＡ型だって知ってた？」
「え……？　Ａ型……？」
　広大は目をまっ赤にして苦しげな顔をしている。
　さっきまでの威勢はなくなり、力が抜けて魂が抜けてしまったかのよう。
　いつの間にか、さっきまで広大の両脇を固めていた男子たちは部屋のすみっこでことの成り行きを見守っている。
　……知らなかった。
　広大が何型かなんて、そんなこと今まで興味がなかったから。
　たしか、母親はＢ型でパパはＯ型のはず。
　だからあたしもＯ型なわけだけど。
「Ｂ型だって言われてたけど……ホントはＡ型なんだ」
「う、ウソッ……」
　Ｂ型の母親とＯ型のパパからじゃ、Ａ型の子どもは生まれない。
　……ということは、ホントに？
　広大の目から涙がこぼれ落ちるのを、突っ立ったまま見ていることしかできない。
「ウソじゃ……っない。こっそり母子手帳……見たから」
　苦痛に顔を歪めながら、歯を食いしばって涙を抑えようとしている広大。

かすれた声が胸に突き刺さって、苦しみや悲しみが伝わってきた。
　いきなりこんな現実を突きつけられて、動揺している気持ちはすごくよくわかる。
　現に、当事者じゃないあたしですらこんなに混乱してる。
　広大が変わっちゃったのは、これが原因だったんだ。
「俺……この先なにを信じたらいい？　もう……あの女を母親なんて思えない。最低だよ、あいつ。顔も見たくない」
　そう言って広大は唇を噛みしめた。
　なにも言えなかった。
　なにをどう言えばいいのか、あたしにはわからなかったから。
「姉ちゃんだって……あの女のことが嫌いだろ？　けど、よかったじゃん。表面上は母親でも、ホントに血がつながってないんだから」
　これを聞いて、さっきまで広大を心配していた気持ちが急速に冷えていくのを感じた。
「今では姉ちゃんがうらやましい。俺はあいつの血を引いてるって考えただけで、生きてるのが嫌になる」
「なに、言ってんの……」
　うらやましい……？
　それ、本気？
　握りしめた拳がぷるぷる震えて、それを鎮めようと唇を噛みしめる。

自分の顔からスーッと表情が消えていくのがわかった。
「俺も……父さんの連れ子だったらよかったのに。あいつから生まれたって考えただけで、吐き気がする」
　その時、頭のなかでなにかがプツンと切れた。
「……んな」
　もう我慢できない。
　あたしが今まで、どんな思いで過ごしてきたかなんて知らないくせに。
「甘ったれんな！　バカ広大！」
　目の前までズカズカ歩いていき、にらみつけるようにその顔を見上げる。
　急変したあたしの態度に驚いているその顔は、どこかさみしげで迷いがあるようにも見える。
「あたしは……あたしはずっと、広大がうらやましかったよ。血のつながりがあるってだけで、お母さんはずっとあんたにつきっきりで面倒見てたんだもん」
　母親の手に抱かれて眠る広大がうらやましかった。
　広大だけに向けられる、とびっきりの笑顔があたしもほしかった。
　広大になりたいって。
　あたしのホントのママならよかったのにって、何度そう思ったかわからない。
「風邪を引いた時、夜通し看病してくれたのは誰？　あたしは牛乳が好きなのに、冷蔵庫に牛乳がないのはなんで？　あんたが牛乳を飲めないからでしょう？　あんたの帰りが

遅かったり、帰ってこない日は、お母さんは寝ずに待ってるんだよ？」

　毎日毎日、帰ってくるかもわからないあんたのぶんの晩ごはんもちゃんと用意されてる。

　広大を想いながら、今も家で毎日のように隠れて泣いてるんだよ？
「そこまでしてもらえるのは、血のつながりがある広大だからでしょうが！　あたしは……風邪を引いて入院した時だって、どんなに遅く帰ったって、心配されたことなんて一度もないんだから！」

　わかってる。

　これはただの八つ当たりだ。

　でも、なにもわかってない広大に『うらやましい』なんて言われるのは許せなかった。

　あたしがどんなにがんばっても、いくら愛されたいって願っても、血のつながりには勝てないんだよ。

　それなのに……あたしのことをうらやましいなんて言わないで。
「あの人がしたことを許せなんて言わない。だけど……どれだけ望んでも、あたしが手に入れられなかったものだけは否定しないで」

　あたしはずっと、ただ愛されたかっただけなんだ。

　ずっとずっと……ホントはお母さんに目を向けてほしかった。

　優しくされたかった。

手を握って、頭をなでてほしかった。
　ほめられたかった。
　心の声に気づいてほしかった。
　強がってみせてたけど、あたし……ホントはすっごく弱いんだ。
　強がることで、弱さを隠してきたんだよ。
「バカみたい。いつまでもひとりでスネてれば？　じゃあね、バイバイ」
　悔しくて切なくて。
　無力感が全身をおそった。
　こんなみっともないところを、ヒロトや辰巳君に見られたことが急に恥ずかしくなって、逃げるように立ちさろうとした。
「待てって」
　廊下を突っ切って玄関のドアノブに手をかけた時、グイッと腕を引かれて振り返らされる。
　引きとめられるだろうって気はしてたけど、今は顔を見られたくなかった。
「なんで逃げるんだよ」
「だ、だって……ヒロトにみっともないとこ見せちゃった。家のゴタゴタに巻きこんじゃったし……」
「みっともなくないよ」
　ヒロトは優しく笑いながら、あたしの身体を引きよせる。
　逞しい腕にすっぽりおおわれて、なぜだか安心感が胸に広がっていく。

なんでだろう。
こうして抱きしめられていると落ちつくのは。
ドキドキするけど心が安らぐ。
それは……ヒロトだからかな。
「あたし……バカだよね」
ヒロトの胸に顔をうずめる。
外見はスラッとしてるのに、胸にはしっかり筋肉がついていて、こんな時なのに、ヒロトは男なんだと思っている自分がいた。
「お母さんに愛されてる広大がずっとうらやましくて仕方なかった。あたし……ホントは」
喉の奥から熱いものが込みあげてきて声がつまる。
息が、胸が苦しい。
ヒロトはそんなあたしの身体に腕を回しながら、優しく頭をなでてくれている。
『大丈夫だよ』というように。
「ずっとずっと……さみしかったんだ」
お母さんに優しくされたかった。
あたたかい手で『大丈夫だよ』って、頭をずっとなでてほしかった。
あたしのことで一生懸命になってほしかった。
心配……されたかった。
血のつながりはなくても、ホントはお母さんが大好きだったから。
でも、大嫌いなフリをした。

愛されることを、あきらめた。

強くなった気でいた。

ほかに居場所を求めた。

そうでもしないと、なにかに自分が押しつぶされそうだったから。

「ユメの気持ち、よくわかるよ」

ヒロトの腕の力がギュッと強まる。

顔は見えないけど、聞いたことがない苦しくて切なげな声に、今までにない違和感を覚えた。

かすかに震えるヒロトの身体。

いつもは感情が読めないけど、今のヒロトはすごく儚げで弱っているように思える。

「俺んちね……DVっつーの？　物心ついた時から父親がそんな男でさ。母親や俺や、姉ちゃんに怒鳴りちらしては、手ぇ上げて威張ってるような家で育ったんだ」

え？

DV……？

「小6の頃……だったかな。母親がそんな父親に耐えられなくなって家を出たのは。もともと育児放棄気味で、俺や姉ちゃんが父親に殴られてても心配してくれるような母親じゃなかったんだけどさ」

ヒロトの抱えていたものは、あたしが想像するよりもずっと重くて苦しくて。

涙があふれそうになった。

「けど、さすがに新しい男を作って出てった時は傷ついた。

あー、俺ら捨てられたんだって。あんな奴、母親だって思ったことなかったけど、今思えばユメと同じでさみしかっただけなのかもな」と、ヒロトは続けた。
「だから、ユメの気持ちはよくわかるよ」
　自分だってツラいはずなのに、あたしを安心させてくれようと悲しい思い出を話してくれるヒロトの優しさに胸がいっぱいになった。
　同じ匂いがするって言ってたヒロトの言葉を思い出す。
　あたしたちはなんとなく似てるから、雰囲気とかオーラだけでお互いに惹かれるものがあったのかもしれない。
　ヒロトの背中に腕を回して、ギュッとギューッと抱きついた。
「ユ、ユメ、苦しいから」
「うん……でも、こうしたい。ヒロトにはあたしや辰巳君がいるよ」
　だから、もう苦しまないで。
　笑ってほしい、心から。
　ヒロトに抱きしめられて安心してるあたしがいるように、ヒロトにも安心してもらいたい。
　それってワガママかな？
　さみしいと言って笑うキミの……心からの笑顔が見たいから。
　抱きあっていた時間はどれくらいだったんだろう。
　一瞬、時が止まったような感じ。
「あのさ」

「うん？」
「こんなことされたら、よけいに止まらなくなるんだけど」
　え？
　スネたようなヒロトの声に顔を上げる。
　抱きついていた身体を少し離し、ヒロトのほうをみる。
　すると、熱のこもった瞳であたしを見下ろすヒロトと目が合った。
　目を合わせているのが耐えられなくて、思わずうつむく。
　止まらなくなるって……。
　どういう意味？
　カーッと顔が赤くなる。
　その時、バンッと勢いよく部屋のドアが開いてあたしの肩がビクッと震えた。
　そこから広大が飛びだしてきて、至近距離で向かいあうあたしたちの姿に一瞬驚いた顔をすると、あたしの肩にのせているヒロトの腕をつかんだ。
「姉ちゃんにさわんなっ！」
「こ、広大」
　今にも殴りかかりそうな勢いの広大に驚き、あたしは自らヒロトからサッと離れた。
「ちっ」
　え？
　今、舌打ちした？
　振り返ったけど、ヒロトはあたしと目が合うとニッコリ微笑むだけ。

……空耳だったのかな？
「姉ちゃんごめん。俺、姉ちゃんの気持ち、なんもわかってなかった」
「ごめん」と、眉を下げてかすれる声で言う広大に小さく首を横に振る。
「あたしも悪かった。八つ当たりしてごめんね」
「姉ちゃんは悪くないから。俺がバカだったよ。けど、母さんのことは許せない」
「うん。でも、心配してるから家に帰ろ？」
「……うん」
　消えいりそうな声でうなずいた広大の頭をグシャグシャと豪快になでる。
「やめろよ」と照れくさそうに笑う広大を見て、思わずクスッと笑ってしまった。
　迷惑をかけたことをみんなによーく謝ってから、広大と溜まり場をあとにした。
　ヒロトは不機嫌そうな顔をしてたけど、最後にはしぶしぶ手を振ってくれた。
　落ちついたら、もう一度ちゃんと話さなきゃ。
　今度こそきちんと向きあいたい。
「姉ちゃんさ、ひとつだけカン違いしてるよ」
　ふたりで電車に揺られている途中、隣に座る広大が口を開いた。
「カン違い？」
「うん。母さんに愛されてないってさっき言ってたけど、

それは姉ちゃんのカン違いだから」
「え……？」
「俺や風大といる時の母さんは、姉ちゃんのことを心配してばっかだった。帰りが遅い時は、時計をちらちら気にしてばかりで落ちつかないし」
　広大がなにを言っているのかわからない。
　ううん、わかるけど。
　わかるんだけど……ホントなの？
「中学ん時、無断外泊したことあったじゃん？　そん時、連絡網見てクラスの全部の女子の家に電話してたんだよ。仲の良い友達が誰だかわからないなんて母親として失格だっつって、泣きそうになりながら」
　ウソでしょ？
　信じられないよ。
　泣きそうになってたなんて。
「姉ちゃんクールだから、どう関わればいいかわからなかったんだと思うよ」
　ウソだと思いたかった。
　母親があたしを心配していたなんて。
　だって、そう思わなきゃ今まで必死にあきらめてきたものがまたほしくなる。
　求めてしまう。
　愛されたいって。
「家に帰ったら、俺も思ってることぶつけるから、姉ちゃんもぶつけてみれば？」

広大は３歳も年下なのに、あたしなんかよりもはるかに大人で。
　周りが見えていなかったのは、もしかするとあたしのほうだったのかもしれない。
　電車を降りて複雑な気持ちのまま家に帰った。
　玄関のドアを開けると、パタパタとスリッパを鳴らして母親が走りよってくる。
　母親は広大とあたしの顔を交互に見るなり、目をまっ赤にして泣きだした。
「結愛ちゃん、広ちゃん……っ、おかえり。おかえり」
　広大はプイと顔をそむけ、母親をムシして行ってしまう。
「お母さん……ただいま」
「ゆ、結愛ちゃん……おかえり」
「うん」
　小さく返事をして中に入ると、いつものように２階には上がらず、リビングに足を運んだ。
　今日はちゃんと母親と話をすると言っていた広大は、早々とダイニングの椅子に座っている。
　あたしはそんな広大の隣にそっと腰を下ろした。
　あとを追うようにリビングに入ってきた母親は、そんなあたしたちを見てなにかを察したように軽くうつむく。
「姉ちゃんも知ってるから、全部教えて。俺たち家族の本当のこと」
　ひどく落ちついた広大の低い声に、母親はゆっくり顔を上げた。

泣きそうな顔をしてたけど、覚悟を決めたように強くうなずくと、あたしたちの向かい側に静かに腰を下ろした。
「広ちゃんはね、お父さんと出会う前に母さんが付き合っていた恋人との子どもなの。でも彼にはほかに婚約者がいて、母さんは浮気相手だった。自分が浮気相手だと知ったのは、情けないけど彼にふられた時だったの。それまで二股をかけられていたことなんてぜんぜん知らずに……」
　言葉を選ぶように、ゆっくりと母親は話を続ける。
「その人と別れて苦しんでいる時にね、体調をくずして会社を休んでしまうこともあって。そんな時に優しく声をかけてくれたのが同じ会社で働く宗大さんだったの」
　宗大とはパパのこと。
　今まで聞いたこともなかったけれど、それが馴れ初めだったのか。ふたりはそんなふうに出会ったんだ。
「奥様を亡くされて悲しみにくれている時だったのに、宗大さんは部下だった私のことを本当に気づかってくれた。かわいい娘がいるんだって、毎日のように写真を見せてくれたり、話を聞かせてくれたの」
　かわいい娘って……あたしのこと？
「宗大さんは会社の上司で、社内外から人望がある人だったから、最初は私なんかが相手にしてもらえるはずがないと思っていたんだけど。気づくと好きになってたの」
　昔を懐かしむように、母親はせつなげにフッと笑ってみせた。
　あたしも広大も、黙ったまま耳をかたむける。

「そんな時に広大を妊娠してるってわかった。それからすぐに宗大さんにお付き合いを申し込まれたんだけど、きちんとあったことを説明してお断りしたわ。だって、ほかの男性の子どもを妊娠してるのよ？　受けいれてもらえるはずがないと思ったわ。でもね……」

　母親は大きな深呼吸をはさみ、話しつづける。
「あの人なんて言ったと思う？」

　そう言って、母親はクスッと笑った。
「知らねーよ、知るわけないだろ」

　そんな母親に冷めたように返事をした広大は、イライラしている様子。
「家族は多いほうが楽しいじゃないかって言ったのよ、あの人」

　さっきまで泣いていたのがウソみたいに、母親は幸せそうに口もとをゆるめて笑っている。
「俺たちの子どもとして育てようって。だから今すぐ結婚してくださいって、プロポーズされたの」

　そう言って笑う母親の目に涙が浮かんでいる。
「私はとてもうれしかった。でも、とまどいもあって、すぐにはお返事できませんって言ったんだけど、毎日毎日体調を気づかってくれて、家まで送り迎えしてくれたり、とにかく優しくしてくれた。しばらく考えて、この人になら、安心してこの子を任せられると思って一緒になることを決めたの」
「んだよ、それ。だったらなんで、今さらあの男が現れた

んだよ」

　広大の声が震えている。

　いきなり父親だと名乗る人が現れて、衝撃的なことを聞かされて、かなりビックリしたに違いない。

「……とまどわせちゃってごめんね。別れてからは一度も会っていなかったんだけど……きっと、どこかで私たちのことを調べたんだと思う。でも、もう二度と来ることはないから」

「そんなの、わかんないだろ」

　広大がそう言った時、リビングのドアがガチャリと開いた。現れたのはパパで、風大を抱いて２階から下りてきたようだった。

　パパ、家にずっといたんだ。

　気づかなかった。

「あいつは、パパが話をつけたからもう来ないだろう。それに、広大は俺の子だ」

　広大の大きな目がさらに大きく見開かれる。

　そして、みるみるうちに涙で潤んでいった。

　きっと苦しかったよね。

　悲しかったよね。

　だって……広大はパパのことが大好きだもんね。

　同じようにパパの目も潤んでいた。

　それだけで、どれだけ広大を想っているかが伝わってくる。

「ごめん……俺、ホントにバカで。父さんも母さんも……

ずっと、俺に優しくしてくれたのに」
「ごめん……」と言って、広大は声をあげて泣きだした。
　なんだかあたしまで胸が痛くて泣きそうになった。
　でも、泣かない。
　泣かないもん。
「結愛ちゃんにも悪いことしちゃったわ……。今までごめんね」
「え……？」
　母親があたしの隣に来て、手をギュッと握った。
　予想だにしない言葉と行動に戸惑う。
「私、結婚する前から、結愛ちゃんの母親になれることをずっと心待ちにしてたの。宗大さんに写真を見せてもらってるうちに、なんだか本当に自分の娘のような気持ちになっちゃって……。だけど、実際には思ってた以上に育児が大変で、軽いノイローゼっぽくなっちゃったの。お母さん、結愛ちゃんにキツく言いすぎちゃってたよね？　本当にごめんなさい」
　母親の……お母さんの手が震えている。
「母親としてちゃんとしなきゃって思えば思うほど、うまくいかなくて。早く結愛ちゃんに認めてもらいたくてがんばってたんだけど、ダメな母親でごめんね」
　認めて……もらいたくて？
　そんなふうに思ってたの？
「あ、あたし……お母さんに愛されてないんだと思ってた。血もつながってないし……」

長い間、胸のなかにしまっていた言葉をやっと口に出した。
　あたしには笑ってくれなかったから。
　ずっとずっと、さみしかった。
　苦しかった。
　認められたかったのは、あたしのほうだよ。
「そんなことないわ！　血がつながっていなくても、結愛ちゃんはお母さんの子よ。でも、そう思わせちゃったならごめんなさい。結愛ちゃんはしっかりしてるから、きっと大丈夫だろうって勝手に安心してたの」
「あ、安心……？　あたし、見離されてたんじゃなかったの？」
「な、なに言ってるの。思春期を迎えて、どう接すればいいのか本当にわからなくなって……。結愛ちゃんのこと、なにもわかってなかったんだって反省したわ」
　お母さんは泣きながらあたしの身体を抱きしめた。
　そして言葉を発しつづける。
「仲良しのお友達の名前もわからないなんて、本当にダメな母親よね。お父さんもね、私と結愛ちゃんの関係がよくなるようにって話すきっかけをいろいろと作ってくれたんだけど……うまく話せなくて」
　もしかして……。
　パパがお母さんに伝言を頼んでたのは、あたしとお母さんが話すきっかけを作りたかったから？
「パパは、あたしと話すのが面倒だから……お母さんに押

しつけてたんじゃなかったの？」
「そんなわけないだろう？　結愛はパパとママと……お母
さんの宝物(たからもの)なんだから。面倒なんて思うはずがないよ」
　黙って話を聞いていたパパが、強い口調で答える。
「そうよ。結愛ちゃんは大事な娘だもの」
「……っ」
　話してみないとわからないことってたくさんある。
　みんなそれぞれ思ってることが違うなんて、思いもしていなかった。
　勝手に決めつけて、勝手にあきらめて。
　向きあおうとしてこなかったのは、まぎれもなくあたし自身だ。
　震えるお母さんの身体を抱きしめ返すと、お母さんはさらにキツく抱きしめてくれた。
　ずっとずっと……ほしかったものが手に入った。
　あたし、ホントはお母さんにこんなふうに抱きしめてもらいたかったんだ。
「お母さん……ごめん、なさい……っ」
　あたし……カン違いしちゃってた。
　お母さんの気持ちをわかろうとしてなかった。
「謝らなくていいのよ。結愛ちゃんに嫌われたくなくて思ってることを言えなかったけど、もう決めたわ。これからは遠慮しないって」
　涙声が耳もとで聞こえた。
　強い意志を感じさせるようなその言葉の真意はわからな

かったけど、きっとあたしがほしかったものがそこにつまってる。
　あたしとお母さんは、抱きあいながらふたりでたくさん泣いた。
「これからは一緒にお出かけしたり、料理だってきちんと教えるわ。人様の前に出しても恥ずかしくないような立派な娘にしてみせる」
「お母さん……っ」
「それと門限も決めるわね。無断外泊もダメよ。男の子と遊ぶ時は、前もって教えてちょうだい」
「おいおい、結愛にだけ厳しすぎないか？」
　パパが苦笑した。
「当然よ。結愛ちゃんは女の子なんだから」
　心の距離を埋めるのは難しいかもしれないけど、あたしはもう本音を隠したりなんかしない。
　感情のままに言いたいことを言って、本音でぶつかりながら生きていく。
　言わなきゃ、なにも伝わらないってわかったから。
　大丈夫。
　あたしたちは、まだやり直せる。
「もうこんな時間だ。みんなお腹が空いだだろう。今から家族みんなで、ご飯でも食べにいこうか」
　腕時計に目をやったパパが、ニッコリ笑いながら言う。
　あたしは、迷わず大きくうなずいた。

愛って

「で、家族でメシ食いにいったんだ？」
「うん、そうなの。迷惑かけてホントにごめんね」
　次の日。
　学校に行くと、すでに来ていたヒロトを、屋上に連れだした。
　昨日のことを改めて謝りたかったのと、中途半端なままあいまいにしていたことをはっきりさせたかったから。
「仲直りできてよかったな。俺は……早く高校卒業したい」
「どうして？」
「早く大人になって、あんな家を出てってやる」
「そっか……そうだよね」
　DVって言ってたもんね。
「さすがに今は殴られることもなくなったけど、今でも酒飲んで暴れられたら手がつけられなくなるんだよ。おかげで、全身傷だらけ」
　わりとヘビーな話を、あっけらかんと軽く笑いとばすヒロト。
　でもね、あたしは知ってる。
　こんなふうに笑えば笑うほど、傷ついているんだってことを。
「ヒロトにはあたしがいるよ。辰巳君も」
「はは、サンキュー」

「昨日の続きだけどね。ヒロトって……あたしのことが好きなんじゃないの？」
　思いきって直球の言葉を投げる。
「え？　は？　なんだよ、いきなり」
　冷たい風がビューッと吹きぬける。
　自分でもなんでこんなことを言ってしまったのかはわからない。
　だけど……ずっと考えていたことだった。
「だから！　ヒロトって、あたしのことが好きでしょ？」
　ポカンとするヒロトにもう一度言った。
　言ってるこっちのほうが恥ずかしいんだから、なんか反応してよ。
　恥ずかしいけど、一歩前に出てヒロトの手をギュッと握った。
　それでもポカンとしてるから、なんだかあたしばっかりが恥ずかしくなって思わずうつむく。
「あ、あたしは……好きだよ。ヒロトのことが」
　ドキンドキンと胸が高鳴る。
　自分から好きだとか言うようなキャラじゃなかったのに、今日のあたしはヒロトの前では自然と言葉が出てしまう。
　隠しきれないの。
　ううっ。
　恥ずかしいよ。
　でも、伝えたい。
「昨日……あたしといると、ドキドキするって言ってくれ

たよね？」
　おそるおそる顔を見上げる。
　ヒロトは、とても優しい眼差しで、あたしを見下ろしていた。
「たしかに……言ったな」
「それって……たぶん、あたしを好きだからだと思うよ」
　いつからこんなに自意識過剰になったんだろう。
「ヒロトに抱きしめられると、あー幸せだなって思えるの。落ちつくし、安心できる」
「うん……俺も、ユメといるとすっごい落ちつく。こんな気持ち、生まれて初めて」
　手をギュッと握り返されて、そのまま引きよせられる。
　あっという間にヒロトの胸に顔をうずめる体勢になった。
　ヒロトと一緒にいると、すごくドキドキして、胸が締めつけられる。
「ヒロトは欠陥人間なんかじゃない。人の痛みがわかる優しい人だよ。優しくて、さみしくて、でも時々冷たくて。あたしは……そんなヒロトのことが……っ」
　いつの間にか好きになってた。
　惹かれてた。
「ヒロトは、あたしのこと……どう思ってる？」
「ん？　好きなんじゃないのかよ？　ユメがさっきそう言ったんだろ」
「そ、そうだけど。ヒロトの口からちゃんと聞きたいの」
　だってやっぱり、言ってくれなきゃわからないから。

「ワガママなお姫様だな」
「う、だ、だって……気になるもん。好きだから」
　そういうもんでしょ？
「マジで人のこと煽るのもウマいし」
　耳もとで聞こえた甘いささやきに、ドキンと胸の鼓動が高まった。
「そ、そんなつもりは」
「煽ってるわけじゃないんだ？　じゃあ無意識？　誰にでもそういうこと言ってんのかよ？」
　ギュッと抱きしめる腕の力が強まる。
　ヒロトは一転して怒っているようだった。
「い、言うわけないでしょ。ヒロトにしか言ってないから」
「ふーん。元カレにも？」
「え!?　も、元カレ……？　なんで？　海里のことは、今は関係ないじゃん」
　海里にだってこんな大胆なことは言ったことがない。
　きちんと向きあってこなかったんだから。
　だからこそうまくいかなくなって、信頼関係を失ってしまった。
　今度はそれで失敗したくない。
「関係あるだろ。ユメがあいつに言ってるとこ想像したら、ムカつくし」
『好き』って言ってくれないくせに、こういうことは素直に口にするからドキドキしちゃう。
「その気持ちをなんて言うか、教えてあげようか？」

「べつにいい。前に、竜太に言われたから」
「え⁉ 辰巳君に? なにを?」
「ユメのことが好きなんだろ?って。嫉妬してんのがバレバレだって」
「…………」
　た、辰巳君め。
　なかなかやるな。
「俺、ユメのことが好きだよ」
　ズッキューンと胸を撃ちぬかれ、一気に全身が熱くなる。
　ヒロトの甘い声が胸に深く突き刺さった。
　もう前みたいな冷たさは感じない。
　ヒロトの声は、誰よりも優しくあたしの心を掻きまわす。
「あたしも……好き」
　気づいた時には好きになってた。
　もう、ヒロトしか見えないよ。
「でも俺、愛とかよくわかんないけど、いいの?」
「ふはっ、いいよ。だって……愛は好きが進化した時の感情だからね」
「はぁ?」
「だからー。好きが募れば募るほど、愛になっていくんじゃないの? ってこと」
「ぷっ、やっぱりユメの言うことはよくわかんないな」
「そんなことないでしょ。わかりやすいよ、あたしは」
「まぁ、バカだからな」
「なっ……!」

「ねぇ、思ったことポロッと言うのやめない？　思ったことを口にする前に、言われたほうの身になってまず考えてみてよ」
「俺、バカだから考えらんねーよ」
「都合いい時だけ、そんなこと言うんだ？　ズルいよね、やっぱり」
「ズルいのはそっちだろ？　いきなりドキドキさせるようなこと言いやがって。でも……そんなところも好きだけど」
「え……っ」
　今、さらっと言ったね。
　ヒロトの言葉にこんなにもドキドキしてるって、きっと知らないでしょ？
「あー、やっぱこうしてるとヤバい。あったかいのが胸の奥からあふれてくる。自分が思ってる以上に、マジで好きかも」
「うっ」
　よくもそんな恥ずかしいセリフをペラペラと。
　りんごみたいに顔がまっ赤になる。
　やっぱりズルいのはヒロトじゃん。
「誰にも渡したくないんだけど、どうすればいいわけ？」
「そ、そんなこと……あたしに聞かないでよ」
「わかった。じゃあ、こうする」
　え？
　顔を上げた瞬間、目の前にヒロトの顔が迫ってきた。
　キスされる。

そう思った時にはすでに、唇を塞がれていた。
　驚くあたしを見てヒロトがクスッと笑ったような気がしたけど、ドキドキしすぎてなにも考えられない。
　やわらかくて温かい唇から、ヒロトの熱い気持ちが伝わってきて心臓が破裂しそう。
　いつの間にか両手首をつかまれて、気づくと背中が壁に押しあてられている状態だった。
「ん、ヒ、ヒロト……っ」
　角度を変えて何度も何度も繰り返されるキスに、ドキドキしすぎて倒れちゃいそう。
　それでも、ヒロトはまだ余裕があるように見える。
「……ヒロ、ト」
　こんなにドキドキしてるのはあたしだけなの？
　ヒロトはキスくらいじゃドキドキしないのかな。
「なんだよ。んな声を出されたら、もっとしたくなるだろ」
「なっ……」
「もっとしていい？」
「……ダ、ダメ」
「なんで？」
　おデコ同士をくっつけたまま、至近距離で目が合っていることにドキドキが止まらなかった。
「ヒロトは……余裕だなって思って。あたしとキスしてて、ドキドキする？」
「余裕？　どこが？」
　絡ませたあたしの手を、ヒロトは自分の左胸に当てた。

制服越しにもはっきりとわかる心臓の鼓動は、ドクドクと速く激しく脈打っている。
「余裕なんかないよ。わかりにくいかもだけど、ちゃんとドキドキしてるから」
「う、うん……っ」
　聞いたことにきちんと答えてくれて、あたしを納得させてくれるヒロトが大好き。
「俺、ユメといたら愛がなんなのかわかるような気がする」
「え？　な、なに言ってんの？」
　またそんな恥ずかしいことをサラッと言って。
「俺に教えてくれるんだろ？　愛ってやつを」
「……う、うん」
　ヒロトの前ではウソがつけない。
　思ってることを言えちゃうんだ。
「ヒロトに愛が伝わるように、あたしの好きをたくさんあげるから」
「ふはっ、ユメちゃんはホントかわいいな」
「か、からかってんの……？」
　クスクス笑っているヒロトをじとっとにらむ。
　顔はさっきよりまっ赤で、どこかに隠れちゃいたい気分だよ。
「からかってないし。マジでかわいいから言ってんの」
「て、照れるから」
「うん、さっきの仕返し」
「も、もう！」

ヒロトはクスッと笑って、もう一度あたしの唇に軽くキスをした。
「ユメの唇、つめてー」
　唇を離したあとのヒロトの一言をきっかけに、屋上から校舎に入って暖をとる。
　身体は冷たくなっていたけど、心はポカポカ温かかった。
　ヒロトとずっと一緒にいたい。
「だから言ったでしょ？　ヒロトは欠陥人間なんかじゃないって」
　好きだっていう感情をあたしに抱いてくれた。
　優しくしてくれた。
　冷たく笑うキミだけど、その優しさにあたしは救われた。
　あなたはまぎれもなく、温かい人だよ。
「どうかな？　自分ではわかんねーや」
「あたしが言うんだから間違いないよ。自信がないっていうなら……」
　再びヒロトの手をギュッと握った。
　しなやかで綺麗だけど、大きくて骨張ったしっかりとした男の人の手。
　無意識に相手の手を握ってしまうのは、強い想いを受けとめてほしいからなのかもしれない。
「一生かけて、あたしがわからせてあげるっ！」
　こんなセリフ、今までのあたしなら絶対に言えなかった。
　だけど、ヒロトになら言える。
　ホントにそう思ってるからだよ？

「ふっ、ははっ！　それってプロポーズ？」
「えっ!?　プ、プロポーズ……!?」
「なに？　違うんだ？」
「いや……ち、違わなくないけど。でもまだ付き合ってもいないし……いきなりそんな大胆なこと言っちゃってホントごめんっていうか」
　わけがわからないほどテンパる。
「なんで謝るんだよ？　逆プロポーズ、うれしかったのに」
　そう言って、ヒロトはニッコリ微笑んだ。
　心の底から笑っているような穏やかで優しい笑顔に、あたしの心臓の鼓動が大きく飛びはねる。
「じゃあまずは、付き合うことからはじめてみるか。付き合っていくうちにわかるんだろ？　愛ってやつが」
　ダ、ダメだよ。
　そんな顔で笑われたら、この先心臓がもちそうにない。
　あたしばっかりドキドキしてるじゃん。
　背伸びをしてヒロトの耳もとに顔を近づけた。
「もちろんだよ。一生かけてヒロトに愛を捧げるね」
　照れとか恥じらいをぐっと押しこめて、勢い任せに頬にそっと口づける。
　大好きだから、この気持ちが全部伝わりますように。
　ヒロトに愛が伝わりますように。
　そう願いをこめて、あたしは静かに目を閉じた。
《キミに捧ぐ愛》

【ｆｉｎ.】

キミに捧ぐ愛　番外編

愛という名のもとに

　２月に入って、寒さはよりいっそう厳しさを増す。ビューッと木枯らしが吹きつける中庭に、あたしはいた。
「だーかーらー、あんたがあたしの彼氏を誘惑したんでしょ？」
「し、してません」
「ウソつくな。彼氏がそう言ってるんだよ、あんたに声をかけられたって！」
　そんなことを言われても、していないものはしていない。するわけないし、したいとも思わない。
　だけどいくら否定しても、目の前の派手な３人組の先輩は、ヒートアップするばかり。あたしは当事者だけれど、どこか冷静かつ客観的に眺めていた。
「聞いてんのかよ？　さっきからバカにしたような態度でさ！　少しは先輩を敬う気持ちとか反省する気持ちはないわけ？」
「なにもしてないのに、反省する理由がありません」
　一方的に言われつづけて、ついに我慢ができなくなった。曲がったことが嫌いなあたしは、理不尽なことを言う人が許せない。
「それに、あたしにはすっごく大好きな彼氏がいるので、そんなことをするはずがありません」
　今まで言われっぱなしだったけど、昔のあたしはもうい

ない。
　違うことは違うって、きちんと否定できる人になりたい。強く、なりたい。
「その人のことがとても大事だから、ほかの人に声をかけることなんかしません。それにね、あたしは先輩の彼氏がどんな人かも知らないし。見たことさえもないんだからっ！」
　語尾を強めて言いきると、先輩たちは声をつまらせた。まさか、あたしが言い返してくるとは予想もしていなかったんだろう。
　怖いという気持ちも、もちろんあるけれど、誤解されたままでいるのは納得がいかない。言わなきゃわかってもらえないって学んだから、たとえ信じてくれなくても言いつづけなきゃ。
「あたしを責めることよりも、ほかに話さなきゃいけない人がいますよね？　本当は先輩もわかってるんでしょ？」
　向きあうのが怖くて、矛先をあたしに向けているだけ。きっと心の底では、先輩もそれをわかっているんだと思いたい。
「……わかったようなこと、言ってんじゃねーよ」
　先輩の声にさっきまでの勢いはなく、気まずいのか目を伏せた。
「ちゃんと話さなきゃ後悔しますよ」
　あたしがそうだったから。
　向きあうのが怖くて、逃げつづけた結果、大切な人を失っ

てしまった。その経験があったから今のあたしがいるわけだけど、それでもやっぱり今でも心に引っかかっている。未練とはまた違って、心残りっていうのかな。もうあんな思いはしたくないし、同じ過ちを繰り返したくない。
「ちゃんと向きあえば、見えてくることもあると思いますけど」
「なに真面目くさいこと言ってんだよ。なんかもう面倒くさー。面白くないから、戻ろう」
「だねー。前までなんも言い返してこなかったから、いじめ甲斐があったのに」
「つまんなさすぎる」

　先輩たちはそう言いのこして行ってしまった。さんざん言いがかりをつけておいて、都合が悪くなったらすぐに逃げるだなんて。あたしは先輩たちのヒマつぶしのおもちゃじゃないっての。はぁと重いため息を吐きだし、教室に戻ろうと踵を返す。
「俺が出ていく幕がなかったな」

　振り返るとそこには、ヒロトがいた。ドキッとしたのもつかの間、いつからいたんだろうと疑問に思う。あたし、さっきとても恥ずかしいことを言ったような……。
「ユメって、すっげー俺のことが好きなんだな」
「……っ」

　やっぱり聞かれてたんだ。本音とはいえとっさに言ったことだから、今さら恥ずかしさが込みあげる。
「そんなに好きなんだ？」

ヒロトはニヤニヤしながら、赤くなるあたしをからかってくる。
「し、知らないよ」
　好きだけど、本人を目の前にしてはっきりとそう告げるのは恥ずかしすぎる。付き合って1カ月、まだまだ初々しい時期だ。好きだなんて、告白の時以来、言ってないよ。
「なんだよ、知らないって」
「そんなこと言ってない」
「素直じゃないな、ユメちゃんは」
　そう言ってクスッと笑われた。そういうヒロトだって、告白の時以来『好き』とは言ってくれていない。めったにそんなことを言わないタイプだって知ってるけど、時々不安になる。
「もう戻らなきゃ、昼休みが終わっちゃうよ」
　クスクス笑いつづけるヒロトの腕を引っぱって、校舎の中へと入る。真冬の空はどんより曇っていて、校舎にいても底冷えするほどだ。寒さでかじかんだ身体は、いっこうに温かくならない。
　ブルッと身震いすると、今度はヒロトの腕があたしの手首をつかんだ。力強くギュッとつかまれて、前へ進もうとするあたしの動きが止まる。
「まだ戻りたくねー」
「え、でも、授業がはじまるよ」
「ユメって、見た目と違っていい子ちゃんだよな」
「そ、そうかな？」

いい子ちゃんって、初めて言われたよ。
「ユメはさ、もっと俺と一緒にいたいとか思わないわけ？」
「え？」
　——ドキッ。
　なんで、そんなこと。っていうか、聞かないでよ、そんなこと。照れるじゃん。
「ヒ、ヒロトは……思うの？」
　いつも澄ました顔をして、余裕たっぷりで。そんなふうには見えないけれど。
「そりゃ、思うだろ。好きなんだし」
　冷えた身体が、一気に熱を帯びてくる。尋常じゃないくらいドキドキして、顔もまっ赤。くすぐったくて温かい気持ちになる。
　よく見るとヒロトの頬もほんのり赤い。
「あたしも、好きだよ」
　素直に言葉が出た。恥ずかしいけど、先に伝えてくれたヒロトに応えたい。手首をつかんでいた手が指に絡む。ヒロトの手はゴツゴツしていて男らしい。
「戻りたくないって言ったのは、もっと一緒にいたいって意味だから」
「え、そうなの？　てっきり、授業が嫌なのかと」
「まぁ、それもあるけど。もっとふたりでいたいっていう気持ちのほうが強い……って、マジで俺、こんなこと言うキャラじゃなかったのに」
　頭をワーッとかきむしりながら、とまどうような表情を

浮かべるヒロト。あたしはそれを見て笑ってしまった。
「なに笑ってんだよ」
　ムッとした顔が目の前に迫ってきて、思わずあとずさる。距離をつめられることに慣れていないのと、ヒロトの整いすぎた顔だちにドキドキしてしまう。
「ち、近いから」
　胸を押し返して、プイと顔を背ける。すると、クスッと笑われた。
「照れてるんだ？」
「う、うるさいなぁ」
　仕方ないじゃん。こんなに至近距離にいるんだから。手をつなぐことさえ慣れないっていうのにさ。
「はは、かーわいい」
　ヒロトは相変わらず思ったことをすぐに口にする。あまりにも普通にそんなことを言うから、慣れてるなぁとか思ってしまう。うれしい反面、恥ずかしさも大きくてなんだかくすぐったい気持ちになる。
「長谷川くーん！」
　その時だった。背後から、甘ったるい女の子の声が聞こえた。
　反射的に振り返ると、かわいらしい女の子が駆け足でこっちにやってくるのが見えた。
「久しぶりだね！」
　その子はあたしたちの前まで来ると、あたしをチラ見してから、ヒロトに向かってにっこり微笑む。

なんだか一瞬だけにらまれたような気がして、あたしはビクッとした。なんとなく気まずくて、ヒロトの手をそっと離す。
　綺麗に巻かれた髪と、丁寧(ていねい)に手入れされた華奢(きゃしゃ)な指先。すごくかわいくて、メイクもバッチリのその子は、学年でも人気がある女の子だった。
「久しぶりだな」なんて言いながら、ヒロトは当たり障(さわ)りなく優しく笑っている。
「最近、ぜんぜん遊んでくれないよねー。連絡しても、返事くれないしさ。また遊ぼうよ」
　ヒロトの腕に自分の腕を絡めて、狙ったような上目遣いをしている。
「まぁ、そのうちな」
　女の子の腕を振りはらうでもなく、ヒロトは笑顔のままだ。
　どんな関係なんだろう。
　友達？
　元カノ？
　あたしがいるのに、ヒロトにベタベタ甘えるこの子もこの子だけど、まんざらでもない様子のヒロトのせいで胸の奥がギュッと痛んだ。
　仲が良さそうだし、特別な関係だったのかもしれない。そんなことを考えると、モヤモヤした黒い感情が胸を埋めつくす。
　これ以上一緒にいたくない。早く教室に戻りたい。つい

さっきまでは、もっとヒロトと一緒にいたいと思っていたのに、一刻も早くここから立ちさりたい気分になった。
「あたし、先に戻ってるね」
　そう言いのこして、ふたりの前から立ちさる。去り際に女の子がほくそ笑んだように見えたのは、気のせいかな。たぶんあの子はヒロトのことが好きなんだ。そんな気がする。なんとなくムカつくし、ものすごく嫌だ。たったそれだけのことなのに、涙があふれた。あたしはヒロトに甘える女の子に嫉妬している。胸が苦しくて、ズキズキして。

　そういえば、海里の時にもあったなぁと思い出す。だけどあの時は、海里に対して思っていることを言えなかった。同じ過ちを繰り返さないって決めたのに、またあたしは逃げている。でも、ヒロトが悪いんじゃん。

　仲良さそうにしてるから。話すなとは言わないけど、あいまいな態度を取るのはやめてほしい。もっとあたしのことを考えてよ。……バカ。

　だけど、逃げてしまったあたしはもっとバカ。あの子の思惑(おもわく)どおりじゃん。そんなの……許せない。

　でも、なにもできない。どうすればいいのかわからない。自然と足が止まる。ふたりはまだ楽しそうに話しているのかな。ヒロトって、基本的に誰にでも優しいし……。
「なにひとりで行こうとしてんの？」
　え？
　いきなりうしろから腕を引かれて、ムリやり振り返らされた。

目の前にはムスッとしているヒロトの顔。
「な、なんで……？」
　女の子と話していたはずじゃ……？
「俺が一緒にいたいのはユメだし」
「え？」
　ヒロトはムスッとしてあたしを見ているけど、その目はとても優しい雰囲気をまとっている。
　ドキドキと鼓動が速くなるのと同時に、ヒロトの手の力が強まっていく。
「あ、あたしも！　ヒロトと一緒にいたいよ。でも、ヒロトがさっきの子と仲良くしてるから……腕をつかまれても、振りはらうことなく笑ってるし」
　……嫉妬したんだよ。最後までその一言が言えなくて、軽くうつむく。
　すると、ヒロトが勢いよく腕を引きよせた。
「ちょっ」
　ビックリして足がもつれて転びそうになる。だけど、ヒロトの腕があたしの身体を支えてくれた。
　——ギュッ。
　男らしいたくましい腕にスッポリおおわれ、ヒロトの胸にあたしのおでこがトンとくっつく。
「ごめん、さっきの、わざとなんだ」
　耳もとで聞こえたのは、とても申し訳なさそうな声。
　わざと……？
「俺がユメ以外の女と仲良くしてるのを見たら、ユメはど

んな反応をするのかなって気になってさ」
　歯切れ悪くそう話すヒロト。
「なにそれ、ひどい。あたし、めちゃくちゃ嫉妬したんだからね……」
　ヒロトを目の前にして、素直な気持ちがあふれだす。
「やべー……」
「え？　なにが？」
「あんまりかわいいこと言うんじゃねーよ」
　か、かわいいこと……？　そんなことを言ったつもりは、まったくない。むしろドロドロの黒い感情があふれだして、苦しかったくらいだもん。
　見上げたヒロトの顔が、ほんのり赤く染まっている。
「俺ばっかりがユメのことを好きだと思ってたから、うれしい」
　ヒロトはそう言って、照れくさそうにあたしと視線を合わせた。
「俺は……元カレに負けてると思ってた。ユメを想う俺の気持ちは元カレに負けてないけど、俺を想うユメの気持ちはまだまだ元カレ以下なのかなって……」
　切なげなヒロトの声に胸が締めつけられる。
「でも、嫉妬してくれてるってわかって……うれしかったっつーか、ちゃんと俺のことを想ってくれてるんだなーって」
「そ、そんなの、当たり前じゃん！」
　どうしてそんなふうに思うの？
　あたしが海里をなかなか忘れられなかったから？

まっすぐにヒロトの目を見つめる。ヒロトの瞳は、あたしの力強い言葉にとまどうように揺れていた。
「ヒロトには、素直な気持ちとか思ってることをちゃんと言える。一緒にいて落ちつくし、安心もできる。でもね、海里の前では、あたしは我慢してばかりで、言いたいことがちゃんと言えなかったの。自分の気持ちを押しころして、海里に合わせてばかりで、結局うまくいかなくなった。今思うと、海里との付き合いは苦しいことが多かった」
　あの頃のことを思い出して胸の奥のほうがキュッとうずいた。でも、もう海里への未練はまったくない。
「ヒロトと一緒にいる時のほうが自然に笑えるし、楽しいよ。なにを言っても聞いてくれるし、怒ったりしないってわかってるから、話しやすいし……。あたし、今はヒロトしか見えてないから」
　こんな恥ずかしいセリフが言える相手は、ヒロトが初めてなんだ。思っていることをなんでも言いたくなっちゃう。ヒロトにだけは、ちゃんとあたしの気持ちを知っていてほしいから。
「愛が大きすぎるのは、あたしのほうだよ」
「ははっ、なんだよ、それ」
　くりっとした目を、これでもかというくらいに細めて笑うヒロト。ヒロトのこんな笑顔を見るのは初めてかもしれない。
「も、もう、笑わないでよ。言ってるあたしは、恥ずかしいんだから」

「悪い悪い、あんまりかわいいこと言うからさ」
　また、かわいいって言った。ヒロトは女の子が喜びそうなポイントを知りつくしているんじゃないかな。
「これからも、今みたいに思ってることをどんどん俺にぶつけてよ。話を聞くのは得意だし、大きすぎるユメの愛は、全力で受け止めるから」
　なんて言ってヒロトが笑うから、あたしまで自然と笑顔になる。
「覚悟してよね、あたしの愛は、大きくて深くて、とめどないんだからっ」
　あー、こんなことが言える相手がいるって、ものすごく幸せだ。不安になることなんて、なにもないよね。
「ユメも、俺の愛を受けとる覚悟はあるよな？　俺が本気を出したら、来世まで離してやんねーから」
「あは、来世まで？　それはすごいね」
　でも受けとってみたい。恋とか愛がわからないと言っていたヒロトの愛を。ヒロトが注ぎつづけてくれるなら、あたしはいつまでも受けとりつづけるよ。
「ユメ、顔上げて」
「うん……」
　ゆっくり顔を上げると、ヒロトの唇があたしの唇に重なった。もう何度も何度もしているけれど、いつも新鮮でドキドキしちゃう。
　ヒロトは角度を変えて何度もあたしの唇にキスをした。そしてしばらく経った頃——。

「門限って、今日も7時?」
　耳もとに唇を寄せて、そんなことを聞いてくる。
「うん、そうだよ。お母さんもお父さんも、今じゃ広大までもが、あたしの帰りが遅いとうるさいんだよね」
「放課後はあんまり一緒にいられねーな」
「そうだね。広大が、あたしに彼氏がいるってバラしちゃったから、それでお父さんが過剰に心配しちゃって……」
　門限ギリギリになると、スマホにしつこく電話がかかってくるようになった。だから今は、少し早めに帰るようにしている。
　あたしたち家族は、すっかりわだかまりがなくなったというわけじゃないけど、少しずつゆっくりと前に進んでいる。
　これからも焦らずゆっくり、あたしたちのペースでいこう。そうすれば、きっとすべてがうまくいく。
「アイツ、俺のことをバラしやがって……」
「お父さんが今度、家に連れてこいって。お母さんも、ヒロトに会ってみたいって言ってたなぁ……」
「その時は真面目モード全開で行くわ」
「ヒロトが真面目? あはは、似合わなーい!」
「はぁ?」
　こうしてふざけあっていると、笑顔が絶えない。
　これから先、苦しいこともつらいこともたくさんあると思うけど、ヒロトと一緒なら、乗りこえられるような気がする。

だからこれからも、ふたりで一緒に歩んでいこう。
この先もずっと——。
惜しみない愛を、果てしない温もりを、キミに捧げつづけよう。
そうして、ずっとふたりで笑っていられますように。

【ｆｉｎ.】

愛がほしくて〜ヒロトside〜

　窓から心地いい春風が舞いこんで、カーテンがそよそよと揺れる。
「なぁなぁ、このクラスで誰がいちばんかわいいと思う？」
「うーん、そうだな。やっぱ如月さんだろ」
「あ、俺もそう思う！　下の名前もかわいいよな」
「俺はマイちゃんかなー」
　高校に入学して1カ月が経ち、クラスメイトの顔と名前が一致するようになった。
　教室からぼんやり窓の外を眺めていた俺の耳に、そんな会話が聞こえてきた。
"如月結愛"。
　スラッとした高身長、モデル並みの華奢なスタイル。派手なタイプではないものの、目鼻立ちがはっきりした顔をしているから、控えめにしていてもすごく目立つ。
　入学した時からなにかとウワサが飛びかい、よくも悪くも目立っている人物。教室ではひとりでいることが多く、誰かと仲良く話しているところは見たことがない。基本的に人に執着しないタイプの俺だけど、如月さんのことだけはなぜか気になった。
　それはきっと、如月さんが俺と同じような目をしていたからなのかもしれない。
　誰のことも信じられなくて、世の中のすべてに絶望して

いるような……そんな目を。
　だからといってとくに絡みはなかったし、絡もうとも思わなかった。
　自分から面倒なことに首をつっこむなんてまっぴらだ。クラスのなかに適当に溶けこんで、楽しくもないのに笑って、言いよってくる女子に愛想を振りまきながら、適当にあしらって。
　なにかに一生懸命になるなんてみっともないし、カッコ悪い。ただ表面上だけうまく取りつくろっていれば、平穏にすごすことができる。
　家にいると息がつまって居心地が悪いぶん、学校では平和にすごしたかった。そうじゃないと、心の平安を保てない。壊れてしまいそうだった。
　ある日の放課後、ひとりで教室に残っていると如月さんが入ってきた。
　俺を見るとビックリしたように目を見開いて、そのあとすぐにパッと顔をそらした。よく見ると、左の頬が赤く腫れている。そういえば、目も赤い。
　なにかがあったのは一目瞭然だけど、触れてくれるなというオーラをひしひしと放っている。
　あー、やっぱり、俺と同じだ。
　生きていても、楽しくないっていう顔をしている。
　普通なら声をかけたりしないのに、その時の俺は無意識に如月さんに声をかけていた。
『生きてて楽しい？』　なんて、絶対にこんなことはほかの

人には聞かない。
　如月さんは『はぁ？』というような顔をしていたけど、まぁ、それが普通の反応だよな。
　そんなことを聞いてしまった当の本人ですら、なぜそんなことを聞いたのかがわからない。
　如月さんには変な目で見られたけど、その答えが俺と同じであればいいと思った。
　それからは、みっちを通じて如月さんと絡むことが増えた。彼氏がいることを知り、さらにはその彼氏のことを一途に想っていることにビックリした。
　それと同時に『俺と同じじゃなかったのかよ』と落胆している自分がいた。
　夏休み前の研修で同じ班になり、お風呂上がりに偶然出会った時はなにやら暗い顔をしていて、彼氏のことでなにかあったんだと察した。なんとなく放っておけなくて外へ誘いだした。なにも言わずについてきた如月さんは、やっぱり俺と同じ目をしていて。
　時々垣間見える絶望に満ちた表情。俺と同じ闇を抱えた如月さん。もしかすると誰かに依存することで、如月さんも心の平安を保っていたのかもしれない。
　夏休みに入り、家にいるのが嫌で、竜太の親父が所有する高級マンションへ毎日通った。
　竜太にはっきりと家の事情を話したことはない。小6の時に母親が家を出ていったということは、当時、俺の地元で瞬く間にウワサが広まった。

近所を歩けばヒソヒソとウワサ話をされ、好奇の目で見られることもしょっちゅう。母親が出ていったことは子ども心には衝撃がでかすぎて、中学に上がると同時に俺はかなり荒れた。不良仲間とつるんで、毎日夜遅くまで遊びあるいた。
　自分が捨てられたなんて考えたくない。もうなにもかもがどうでもいい。生きていたって、意味がない。俺はいったい、なんのために生きてんだよ。生まれてこないほうがよかったんじゃないか。
　そんな疑問から逃げるように、毎日毎日遊びあるいた。そして中３の春、俺と竜太は出会った。
　竜太も俺と同様に、複雑な家庭環境で育ったらしい。ウワサによると、中２の時に母親が自殺したとか。それ以降、突然現れた父親だと名乗る資産家の男の家で暮らしているらしい。
　くわしくは知らないけど、俺と同じ匂いがした。もともと性格もあい、お互いのことをほとんどなにも知らないのに、毎日一緒にいるようになった。
　いつでも父親が所有するマンションに来いと言ってくれた。それからなんとなく、俺たちはいつも一緒にいる。竜太のおかげで助かっている部分がたくさんあった。
「いつの間に如月と仲良くなったんだよ」
　毎日のようにマンションに入りびたっていた俺たち。夏休み中のある日、竜太が唐突に聞いてきた。ついさっきまで如月さんがここにいた。偶然に会った如月さんを、俺

が強引に連れこんだからだ。
　ここは俺と竜太にとって逃げ場みたいなもので、俺たち以外にはほとんど誰も来たことがない。
「仲良くっつーか、なんとなく放っておけなくて」
「なにごとにも無関心な大翔の口から出た言葉とは思えねーな」
「だよなー、俺も自分でビックリしてる」
　今まで他人になんて興味がなかった。それなのに。
「気に入ったんだな、如月のことが」
「そんなんじゃないよ」
「ここに連れこんだ時点で、そういうことだろ」
「いやいや、違うから」
　俺は基本的に人に執着しない。いや、できないんだ。母親に捨てられたことが大きなトラウマになっている。最初から執着しなければ傷つくこともない。
　だから、誰に対しても無関心でいつづけなければならないんだ。如月さんとは偶然に出会っただけで、夏休みが終わるまでもう会うことはないだろう。
　そう思っていたけど、俺の考えは甘かった。
　なんと、今度は如月さんのほうからマンションへやってきた。きっと、逃げ場がほしかったんだろう。
　それからというもの、毎日のように如月さんがマンションに来るようになった。そのことについて、竜太はとくになにも言わない。いつの間にか3人でいるのが当たり前になってくると、竜太とふたりだけの日には、少しだけ物足

りなさを感じるまでになった。

　いつしかお互いを下の名前で呼ぶようになった、竜太とユメがふたりで仲良くしているのを見ると、なんとなく気に入らなくてモヤモヤした。
　ユメは意外とズバズバものを言うし、相変わらず元カレのことが忘れられないらしい。時々さみしげな表情を浮かべているのは、きっとソイツのことを思い出している時なんだろう。2年も付き合い、ユメの全部を知ってる元カレ。ゲーセンでチラッと見たことがあるけど、なかなかのイケメンだった。
　でも、どこがいいんだよ、あんな奴。ほかの女と一緒にいたじゃねーか。あんな男のことが今でも忘れられないのかよ。それなのに、今でも一途に想ってるとか……。バカなんじゃねーの。でも少しうらやましい。
　俺は、今まで一度も誰のことも好きになったことがないから。
　好きっていう気持ちが、どんなものなのかがわからない。それに、俺は簡単に人を信用できない。
　信じることがどういうことなのかさえも、わからない。
　親に愛されたことがない俺には理解不能な感情。人間らしい感情が欠けた、さみしい奴。自分自身のことは、好きでもないし嫌いでもない。俺は自分という人間にも興味がなかった。
　それなのにユメといるといろんな感情がわきおこってく

る。俺のことを『優しい』と言ってくれるユメは、どこかおかしい奴だ。変わってる。でも、そう言われて身体の奥からじんわり温かい気持ちが込みあげてくるのがわかった。

ユメの笑顔を見て、ほんのり顔が熱くなることもあった。

その笑顔を誰にも見せたくない。俺だけが知っていればいい。ほかの男に見せていることを考えただけでイライラする。

だから思わず言ってしまった。俺以外の奴に、そんな顔を見せるなって。独占欲丸出しの俺。自分のなかにそんな感情があったなんて驚きだ。

なんなんだよ、これは。よくわからない。なんでユメに対してだけそんな感情を抱くのか。

どっかおかしくなったんじゃないかと本気で思う。

「ヒロト?」

顔をのぞきこまれて、ハッとする。ユメは無防備すぎて、距離が近い。

「なに?」
「なんだかボーッとしてるから。具合でも悪いの?」

夏休み最終日の今日も、いつものように、竜太のマンションにふたりでいた。竜太はなぜか、最近ここへはあまり顔を出さないようになった。出したとしても、すぐにどこかへ行ってしまう。

前に理由を聞いたら「おまえらみたいに、毎日ヒマじゃないからな」なんて言ってやがった。

それにしても、やけにユメがキラキラして見える。ちょ

こんとソファーに座る姿が、なんだかかわいい。そんな感情を誰かに抱くのは初めてだ。
「ヒロト、聞いてる？　具合でも悪いの？」
「あ、いや、そんなことないよ」
「っていうか、またケガしてる……」
　眉をひそめてマジマジと俺の顔を見つめるユメは、さらに顔を近づけてくる。
　サラサラの髪の毛からほのかにシャンプーの匂いがして、目の前がくらりとした。つーか、近いし。
　こいつ、危機感ねーのかよ。
「頬、すりむいてるよ」
「え、あー……」
　昨日の夜、親父が飲んで暴れてるのを止めに入った時にできた傷だろう。親父は仕事には真面目に行っているものの、家ではずっと酒ばかり飲んでいる。
　母親が家を出ていってからは、飲む量も増え、酔いつぶれて寝ていることが多くなった。昔は気に入らないことがあると俺や姉ちゃんに手を上げて罵声を浴びせたりもしていたが、俺が中学生になり、身長が伸びだして体格がよくなってからは、殴られることは極端に減った。
　子どもに手を出すような奴を、父親だなんて思ったことは一度もない。姉ちゃんはすぐにでもあんな父親から逃げたかっただろうけど、俺を残して出ていけないと言い、いまだに実家で暮らしている。
　姉ちゃんだけは昔から俺を守ってくれた。家族のなかで

唯一心を許せる人物だ。だけど俺という存在が姉ちゃんの重荷になっていることはたしかで、俺のせいで姉ちゃんがいつまでも苦しい思いをするのは耐えられない。

　早く大人になりたいのに、時間は無情にもゆっくり進んでいく。あんな家から早く抜けだしたいのに、俺はまだまだ子どもで結局父親の世話になっている。このまま一気に大人になれたら、どんなにいいだろう。
「どうせまたケンカでもしたんでしょ？」
　頬の傷を呆れ顔で見つめるユメ。
　俺はとっさに笑顔を浮かべて「まぁ、そんなとこ」と適当に返事をする。
　深くつっこまれたくない。普通じゃない家庭環境を他人に知られるのは、まっぴらだ。
　母親が出ていった時も、みんなが俺を『母親に捨てられたかわいそうな子』として見ていた。近所を歩けば、同情や好奇の視線しか向けられなかった。
　ふざけるな、俺はかわいそうなんかじゃない。勝手に決めつけるなよ。そんな目で見るんじゃねー。もうほっといてくれ。関係ないだろ、おまえらには。いつまでもそんな目で見やがって。なにが楽しいんだよ。何度そう思ったかはわからない。
　よく知りもしないのに、他人の家のことをあることないこと言ってまわる奴が許せなかった。
　ユメが俺の家のことを知ったらどう思うだろう。きっと引くよな。幻滅するに決まってる。

ユメも家のことで悩んでいるみたいだけど、俺の家に比べるとよっぽど普通の家庭だと思う。
　なんで俺はあんな家に生まれてきたんだ。もっと普通の家庭に生まれたかった。
　そしたらもっと、もっと……俺は普通の人間になれたかもしれないのに。
　夏休みが終わり、新学期に入ってユメと隣の席になった。授業中やふとした時、隣を見るとユメは真剣に黒板の文字をノートに書きうつしている。その横顔があまりにも必死すぎて、思わず笑ってしまった。一見するとまともに授業を受けるようなタイプには思えないのに、成績が学年５位とかすごすぎる。
　俺も負けてられないなってことで、体力にだけは自信があったから、体育の授業で真面目にサッカーをやってみた。久しぶりにちゃんと身体を動かすと、楽しすぎて思わず本気モードになってしまった。
　女子がキャーキャー騒ぐ声を聞きながら、グラウンドの外周を走っているユメの姿を探す。
　ユメは走っている時でさえ、真剣な表情を浮かべていた。適当に手を抜けばいいのに、それをしない。
　すっげー真面目で、それでいて不器用。でも自分のなかの芯はしっかりもっているユメ。強くなりたい、変わりたいって言ってたけど、ユメは俺なんかよりも十分強いと思う。

ある日の放課後。
「あー、やっぱ如月さんってマジでかわいいよな」
「だよなぁ。一回でいいから遊んでみてー」
「誘ってみるか？　慣れてるっぽいし、楽しませてくれるんじゃね？」
「男好きだってウワサだもんな」
　——ガンッ。
　思わず目の前の椅子を蹴った。そいつらは大きな音に驚き、そろってビクッと肩を揺らす。そしていっせいに俺のほうを向いた。
「なんだよ、長谷川。いきなりビビるだろーが」
　そのなかのひとりが、ヘラヘラ笑いながら言う。ふだんなら物に当たったりしないのに、この時はなぜか無性にイライラした。
「おまえらなんかじゃ、相手にされねーよ」
　男好きとか、慣れてるとか。勝手に決めつけてんじゃねーよ。それに、そんな目で見るんじゃねー。
「はぁ？　なに言ってんだよ、長谷川ー」
「まぁ、俺らじゃ釣りあわないのはわかってるけどさ。でも、だからこそ一度きりでいいっつーか。如月さんと真剣に付き合うとかは、どう考えてもねーよ」
「真剣に付き合うなら、遊び慣れてる女じゃなくて清楚で純粋な子がいいしな」
　まだ言うか。ユメの外面だけを見て、好き放題に言いやがって。おまえらがユメのなにを知ってるっていうんだよ。

怒りで拳が震える。こいつらにユメが悪く言われるのは許せない。なによりも、こいつらがそんな目でユメを見ていることが気に食わない。

これ以上ここにいると手が出そうだったから、男たちをひとにらみしてからさっさと教室を出た。

すると入り口のところに竜太が立っていて、俺が出てきたのを見てあとを追ってくる。
「なにカリカリしてんだよ、らしくないな」
「うっせーよ」

ユメのことをあれこれ言うあいつらが悪いんだ。なにも知らないくせに。まぁ、ユメのことを深く知られるのもムカつくけど。
「おまえがそこまで人に執着するのもめずらしいよな」
「執着？　そんなんじゃねーよ」

そうだよ、そんなんじゃない。俺が誰かに執着するとか、ありえない。

だけど、どうしようもないこのイライラは、なんなんだ？
「素直じゃねーよな、大翔も」
「うっせー……」

よけいな……お世話なんだよ。

そう言って強がってはみたものの、竜太に言われた言葉が頭のすみにこびりついて時々こだます。

俺がユメに執着してるって……そんなわけないだろ。そんなわけ、ないんだ。自分にそう言いきかせ、わきおこる感情から逃げつづけた。

それから1週間ほどすぎた頃。
教室の窓からふと外をのぞくと、男のうしろをついて歩くユメの姿を見つけた。男のほうはチャラチャラした有名な先輩で、女子からかなりの人気がある奴だ。
そんな男とユメがなんで一緒に歩いてるんだ?
うつむき気味に歩くユメの表情は、ここからではわからない。並んで歩いていないところを見ると、ふたりは知り合いではなさそうだ。呼びだされたっぽいよな。
もしかして、告白とか……?
気になりだしたら、ふたりの姿から目が離せなくなった。
立ち止まり、向かいあって話すふたり。おもに男のほうがしゃべっているように見える。うつむいていたユメが、男の顔を見上げた。男が一歩ユメに近づき、優しく微笑む。
なんだよ、なに話してんだよ。つーか、距離近くねーか?
ユメも、もっと警戒しろよ。見知らぬ男に呼びだされて、ホイホイついていってんじゃねーよ。距離つめられてるんじゃねーよ。
なんだか気に食わなくて、拳にグッと力が入る。
なんなんだよ、俺。どうしたっていうんだよ。
男と一緒にいるユメを見て、明らかにイラついている。ユメは俺の所有物なんかじゃないのに、横取りされそうになっているのを見て、嫌だと思っている俺がいる。
「あー、あいつマジでモテるよな」
いつのまにか隣にいた竜太が、そんな俺を見てクスッと笑った。俺の反応を見て、からかうような目をしている。

くそ、なんなんだよこいつも。
「なんで、俺はこんなにイラついてるんだ？」
　竜太に聞いたって、わかるわけがない。でも、誰かに聞かないと自分のなかでこの感情を理解できなかった。誰かに聞くことで、納得したかったのかもしれない。
「嫉妬っていうんだよ、おまえのそれは」
「嫉妬……？」
　俺が？
　まさか、信じられない。だけど、そう言われてストンと胸に落ちてくるものがあった。
「男と一緒にいるとこ見て、感情が爆発したんじゃねーの。いい傾向だと思うけど」
　いい傾向？
「大翔のなかで、それだけユメの存在がでかくなってるってことだろ。大切に想う気持ちが、おまえのなかにあるから芽生えた感情だろ？　それを否定するなよ。ユメは抜けてるところもあるけど、意外と根性が座ってるし、大翔がユメに惹かれるのもわかる気がする」
「なん、だよ。おまえ。エラそうに、いかにもなことを言いやがって……」
　だけど、そうだよな。自分のなかに芽生えた感情を否定するのは、逃げつづけるのはよくない。結局、あとで考えさせられることになるんだから。いつか向きあうことになるんだから。
　俺はユメのことを大切に想っている。大切のレベルがど

の程度なのかはわからないけれど、その感情は否定したくない。

　否定せずにいたら、俺は変われるかもしれない。

　本当は……俺だって変わりたい。こんな自分は嫌なんだ。ユメ以上に強くなりたいと思っている。

　でも一生懸命になることが、変わろうとすることが怖かった。もし、変われなかったら？　失敗したら？

　カッコ悪いし、みっともないだろ。だったら、今のままでいるほうがいい。そのほうが楽だ。ずっとそう思っていた。変わりたいと思えたのは、ユメのおかげ。

「大翔は、ユメに対して独占欲丸出しで、見てるこっちはすっげー面白い」

「なんだよ、面白いって」

　バカにしてんのか？

　ムスッとしながら竜太のほうを見る。人をおもちゃみたいに言いやがって。

「スネんなよ。感情むきだしの大翔のほうが俺は好きだし。だっておまえは、いつも無理して笑ってるみたいだったからな」

「なんだよ、それ」

　無理なんかしてねーよ。でも、心から楽しいと思って笑ったことは、あんまりないかもしれない。

「ユメの前だと、大翔がなにを考えてるのか丸わかりで、素の表情を出してるから見てて新鮮なんだよ」

「はぁ？」

べつにそんなつもりはまったくないんだけどな。
　だけど竜太がそう思うほど、俺は笑えていなかったっていうことなのか？
　みょうに大人ぶって、表面上だけうまく取りつくろって生きてきたから、自分ではわからなかった。人に言われて気づくことってあるんだな。
　ユメと竜太は、まちがいなく俺のなかで特別な存在だ。なにが特別かと聞かれたら、それはわからない。でも、心がそう言っている。
　自分の心に素直になろう。
　そう決めたのに──。
　いざユメを前にすると、素直になれない俺がいる。
「ホント、ヒロト最近変だよ？　どうしたの？」
　男の先輩とのことが気になって、ユメを責める形になってしまった。しつこく問いただしていたら、そう言われてハッとした。
「マジで俺、変だよな」
　いや、本当はわかってるんだ。俺のなかで、ユメを想う気持ちが大きくなってきてることは。でもそれは友達としてってことで、そこに特別な気持ちはない。あるわけがない。でも、ユメが男とふたりでいる姿を想像するだけでイライラする。
　俺だけのものにしたい。ほかの誰にも見せたくない。そんな気持ちがわきあがって、自分で自分の感情がよくわからなかった。

「ヒロト、今日一緒にマンション行っていい？」
 ユメはみっちやマイと一緒にいるようになって、よく笑うようになった。
 笑顔でそんなこと聞くなよ。不意打ちのまぶしい笑顔に、ドキドキしただろうが。
 胸の奥からじわじわ熱い感情がこみあげてくる。気づいたらいつも視線の先にいて、探してもいないのに視界に入ってくるユメ。
 ユメが横を通りすぎた時、ふとシャンプーの匂いがした。なぜかドキッとして、抱きしめたい衝動に駆られた。どうしようもなく触れたくなる。気持ちが抑えきれなくなりそうなこともあった。
 わきおこる気持ちと葛藤する日々が続いていた矢先。
「好きなんだろ？　ユメのことが」
 竜太がボソッとつぶやいた。
 俺がぼんやり見つめていた先は、ユメとみっちとマイが仲良くしている姿。そのなかで、ユメが楽しそうに笑っていた。その笑顔が俺だけに向けられたら、どんなにいいだろう。……なんて、そんなことを思う俺はマジでどうかしている。
 好き？
 俺が、ユメを？
 好き……。
 自分が誰かを好きになる日なんて永遠に来ない。そう思っていたのに、竜太の言葉が素直に俺の胸に響いた。

そうか、俺はユメが好きなんだ。だからこんなにもふれたくなる。抱きしめたくなる。一緒にいると、とても安心できて居心地がいい。

　ユメを俺だけのものにしたくて、でも傷つけたくない。ユメの泣き顔は見たくない。そう思うと、今のままの関係でいるほうがいいような気がする。

　ユメは俺に好かれたって、困るだけだよな。まだ元カレに未練がありそうだし、そんな簡単に心変わりなんてできないだろう。

　俺だって……でも、どうやったらユメのことが嫌いになれるかわからない。好きだって気づいたけど、どうにもできなくて。俺の気持ちなんてみじんも知らないであろうユメは、相変わらずマンションにも顔を出している。

　ある日の放課後、竜太のマンションからコンビニに行こうとした時、ものすごい勢いで俺の目の前を走っていくユメの姿を見つけた。ユメは誰かを追っているようで、俺のことなんて眼中になかった。

　ものすごい形相でどこかに向かって走るユメのあとを、無意識に追いかける。ユメはどうやら、学ラン姿の男を追っているようだった。

　こんなに必死になって追いかけるなんて、よっぽど大事な奴なんだろう。一瞬、元カレかと思ったが、それにしては前に見た時と風貌が違っているような気がしたから、その推測はすぐに消しとんだ。幼い感じもするし、よく見ると中学生に見えなくもない。

もしかして……弟か？
　確証はない。だけど、それ以外に考えられなかった。学ランの男が細い路地を曲がる。その先を少し行くと、地元の奴なら絶対に近づかないような、ガラの悪い場所になる。
　そんなところにユメを近づかせたくない。行くな。行くなよ。俺は無意識にスマホを取りだして後輩に電話をかけた。
『路地裏に逃げこんだ学ラン姿の男を探して、すぐにマンションに連れてこい。名前は如月だ』
　確証はなかったけど、時間がないので手早くそう伝えて電話を切った。
　そしてスピードを速めて、ようやくユメのすぐうしろまで追いつく。案の定、ユメは路地のさらに奥へ行こうとしていた。
　そんなユメの腕をつかんで、なんとかマンションへと連れていく。必死に抵抗するユメに、この時ばかりは俺も本気にならずにはいられなかった。
　なんでわかんねーんだよ、俺はおまえの心配をしてるんだってこと。マジで、なんもわかってねーな、こいつ。バカじゃねーの。
　マンションに着くやいなや、我慢ができなくなって、思わずキスをしてしまった。こんなに感情的になって、引き止めたり、自分からキスをしたり……。ほかの女にはしたこともないようなことを、なんで自分からしてるんだ。だけど、すべてユメが悪い。なんもわかってないから。

ムリやりされたくないだろ、こんなこと。
　俺だって、ほかの男からユメがこんなことをされるのは許せない。ビックリしたように目を見開くユメ。そりゃそうだよな、ユメは俺のことを友達としか思っていなかったはずだ。
　するとすぐに後輩がマンションにやってきて、ユメが追っていた男を連れてきた。そしてそれは、俺の予想していたとおりの人物だった。
　ユメの家の事情をくわしく聞いたことはなかったが、姉と弟という関係のふたりは、感情的になって互いの気持ちをぶつけあっていたので、だいたいのことを察することができた。
　聞いていて、ふと思った。ユメは愛に飢えているんだと。ユメの話を聞いて、なぜだかそう感じた。愛されたいって、そう叫んでいるように聞こえた。
　そしてそれは、俺自身にも言えることだと気づいた。そうだ、俺は……。ずっとさみしかった。誰かに優しくされたかった。抱きしめてくれる存在がほしかった。母親に捨てられた日から、ずっとずっと母親の影を探していた。
　でも、捨てられたという事実から目をそらしたくて、受けいれたくなくて、向きあうことができなかった。
　俺も……ユメと同じで、ずっと愛に飢えていた。愛っていうのが、どんなものなのかはわからない。わからないからこそ、無意識にずっとずっと追いもとめていたんだ。
　今になって、ようやくその事実に気づいた。その瞬間、

ユメのことを強く抱きしめたい衝動に駆られた。胸の奥からじわじわと熱があふれだす。もしかして、これが愛しいっていう感情なのか？

弟の頬を平手打ちして出ていこうとするユメを追いかけ、腕を引いて思いっきり抱きしめた。

そして、卑怯な言葉を口にする。
「なぁ、この気持ちなんだと思う？」

いや、聞かなくてもわかってる。

これが好きだという気持ち。誰かを大切に想う気持ち。愛しさ、かわいさ、温もり、安心感。全部が一緒になって、胸のなかにあふれてくる。

なぁ、俺、愛とか恋とか知らないって言ったけど、その宣言を撤回するよ。

ユメと一緒にいると、自分の気持ちの正体がなんなのかわかるような気がする。いや、もうすでにわかりかけている。でも俺は意地悪だから、気づいていないフリをしてユメに問いかける。
「今日はどんなふうに愛してくれんの？」

とびっきり甘いセリフを耳もとでささやくと、ユメは照れながら上目遣いで俺の顔を見る。その赤くなった顔がかわいくて、ずっと見ていたいとさえ思う。

だから今日も明日も明後日も数年後も、俺はずっとユメのそばにいよう。離れるなんて考えられない。

ユメからもらった愛と同じように、精いっぱいの想いを

捧げつづけよう。
　いつまでもいつまでも、できれば一生、そんな関係が続けばいいと本気で思った。

【ｆｉｎ．】

あとがき

　初めましての方も、いつも読んでくださっている方も『キミに捧ぐ愛』を手に取ってくださり、ありがとうございます。こうして書籍化させていただけるのは、応援してくださっている読者様のおかげです。

　さて、この作品『キミに捧ぐ愛』は何年か前に書いたお話です。
　私が野いちごのサイトで初めて書いた作品のなかに、結愛と大翔はサブキャラとして登場していました。その初作品はリュウが主人公の話になっていて、年齢設定も大人です。サイトで読んでくださった方もいらっしゃるかもしれませんが、本作を読んでリュウのことが気になった方は、大人になった結愛と大翔も出てくるので、ぜひサイトものぞいてもらえるとうれしいです。
　サブキャラとして出番が少なかったふたりですが、私のなかではお気に入りのキャラだったので、どうしてもふたりの話が書きたくて、この物語が生まれました。それをこうして書籍として形に残せたことが、とてもうれしく、ありがたいことだと思います。
　愛を知らない大翔が結愛に惹かれていく姿は、書いていてとても楽しく、ふたりが幸せになってくれて私自身もホッとしています。

苦しいことやツラいことは、生きていれば必ず誰にも訪れますよね。大翔は、自分と似ている結愛のことが無意識に気になっていて、放っておけず、人に興味がなくて愛を知らなかった彼は、結愛に出会って変わりました。大翔のように、人間は誰でも変わることができると私は思います。強くなりたいと願えば強く、本気でがんばりたいと願えばがんばることができると思います。何事も願えばかなうようにできているとは信じていますが、なかなかむずかしいですよね。それはやっぱり、私なんかにできるわけがないという弱い心が邪魔をするから。ふたりはいろいろな困難を乗りこえて少しずつ変わっていき、最終的に幸せになることができました。この作品を読んでくれた方にも、そんな幸せが訪れることを祈っています。

　最後になりましたが、カバーのイラストを担当してくださった花芽宮るる様、この本の出版に携わってくださった皆さま、本当にありがとうございました。
　そして、ここまで読んでくださった読者の皆さまに心より感謝いたします。

2019年1月　miNato

この物語はフィクションです。

実在の人物、団体等とは一切関係がありません。

miNato先生への
ファンレターのあて先

〒104-0031
東京都中央区京橋1-3-1
八重洲口大栄ビル7F

スターツ出版（株）書籍編集部 気付
miNato先生

KEITAI SHOUSETSU BUNKO SINCE 2009
野いちご

キミに捧ぐ愛
2019年1月25日 初版第1刷発行

著　者	miNato
	©miNato 2019
発行人	松島滋
デザイン	齋藤知恵子
DTP	久保田祐子
編　集	長井泉
編集協力	ミケハラ編集室
発行所	スターツ出版株式会社
	〒104-0031 東京都中央区京橋1-3-1　八重洲口大栄ビル7F
	出版マーケティンググループ　TEL03-6202-0386
	（ご注文等に関するお問い合わせ）
	https://starts-pub.jp/
印刷所	共同印刷株式会社

Printed in Japan

乱丁・落丁などの不良品はお取替えいたします。上記出版マーケティンググループまでお問い合わせください。
本書を無断で複写することは、著作権法により禁じられています。
定価はカバーに記載されています。

ISBN 978-4-8137-0614-4　C0193

ケータイ小説文庫　2019年1月発売

『今すぐぎゅっと、だきしめて。』Mai・著

中学最後の夏休み前夜、目を覚ますとそこには…なんと、超イケメンのユーレイが!! ヒロと名乗る彼に突然キスされ、彼の死の謎を解く契約を結んでしまったユイ。最初はうんざりしながらも、一緒に過ごすうちに意外な優しさをみせるヒロにキュンとして…。ユーレイと人間、そんなふたりの恋の結末は!?
ISBN978-4-8137-0613-7
定価：本体590円+税

ピンクレーベル

『総長に恋したお嬢様』Moonstone（ムーンストーン）・著

玲は財閥令嬢で、お金持ち学校に通う高校生。ある日、街で不良に絡まれていたところを通りすがりのイケメン男子・燐斗に助けられるが、彼はなんと暴走族の総長だった。最初は怯える玲だったけれど、仲間思いで優しい彼に惹かれていって……。独占欲強めな総長とのじれ甘ラブにドキドキ!!
ISBN978-4-8137-0611-3
定価：本体640円+税

ピンクレーベル

『クールな生徒会長は私だけにとびきり甘い。』＊あいら＊・著

高1の莉子は、女嫌いで有名なイケメン生徒会長・湊先輩に突然告白されてビックリ！　成績優秀でサッカー部のエースでもある彼は、莉子にだけ優しくて、家まで送ってくれたり、困ったときに助けてくれたり。初めは戸惑う莉子だったけど、先輩と一緒にいるだけで胸がドキドキしてしまい…？
ISBN978-4-8137-0612-0
定価：本体590円+税

ピンクレーベル

『キミに捧ぐ愛』miNato（ミナト）・著

美少女の結愛はその容姿のせいで女子から妬まれ、孤独な日々を過ごしていた。心の支えだった彼氏も浮気をしていると知り、絶望していたとき、街でヒロトに出会う。自分のことを『欠陥人間』と言う彼に、結愛と似たものを感じ惹かれていく。そんな中、結愛は隠されていた家族の秘密を知り…。
ISBN978-4-8137-0614-4
定価：本体590円+税

ブルーレーベル

ケータイ小説文庫 好評の既刊

『もしもあの日に戻れたなら、初恋の続きをもう一度。』 miNato・著

1年前の8月31日。夏花が想いを寄せるクラスメイト・友翔が、夏花に会いにくる途中で事故に遭い、還らぬ人となってしまった。告げることすら叶わなかった初恋に、今も夏花は苦しんでいた。そんな中迎えた友翔の一周忌——夏花の誕生日に、信じられない奇跡が起こる。夏花は、友翔が元気だった高3の夏を、なぜかやりなおすことになったのだった。久し振りに過ごす友翔との日々はきらきらと輝いていて、再び彼に恋をする。もしかしたら、あの悲しい未来を変えられるかもしれない。…そう期待に胸を膨らませる夏花。そして、またあの運命の日に近づいて——。

ISBN978-4-8137-9020-4
定価:本体1200円+税

単行本

『また、キミに逢えたなら。』 miNato・著

高1の夏休み、肺炎で入院した莉乃は、同い年の美少年・真白に出会う。重い病気を抱え、すべてをあきらめていた真白。しかし、莉乃に励まされ、徐々に「生きたい」と願いはじめる。そんな彼に恋した莉乃は、いつか真白の病気が治ったら想いを伝えようと心に決めるが、病状は悪化する一方で…。

ISBN978-4-8137-0356-3
定価:本体590円+税

ブルーレーベル

『ずっと、キミが好きでした。』 miNato・著

中3のしずくと怜音は幼なじみ。怜音は過去の事故で左耳が聴こえないけれど、弱音を吐かずにがんばる彼に、しずくはずっと恋している。ある日、怜音から告白されて嬉しさに舞い上がるしずく。卒業式の日に返事をしようとしたら、涙ながらに「ごめん」と拒絶され、離れ離れになってしまい…。

ISBN978-4-8137-0200-9
定価:本体590円+税

ブルーレーベル

『だから、好きだって言ってんだよ』 miNato・著

高1の愛梨は、憧れの女子高生ライフに夢いっぱい。でも、男友達の陽平のせいで、その夢は壊されっぱなし。陽平は背が高くて女子にモテるけれど、愛梨にだけはなぜかイジワルばかり。そんな時、陽平から突然の告白! 陽平の事が頭から離れなくて、たまに見せる優しさにドキドキさせられて…!?

ISBN978-4-8137-0123-1
定価:本体580円+税

ピンクレーベル

ケータイ小説文庫 好評の既刊

『だって、キミが好きだから。』 miNato・著

高1の菜花は、ある日桜の木の下で学年一人気者の琉衣斗に告白される。しかし菜花は脳に腫瘍があり、日ごとに記憶を失っていた。自分には恋をする資格はない、と琉衣斗をふる菜花。それでも優しい琉衣斗に次第に惹かれていって…。大人気作家・miNatoが贈る、号泣必至の物語です!

ISBN978-4-8137-0076-0
定価:本体 590 円+税

ブルーレーベル

『キミの心に届くまで』 miNato・著

高1の陽良は、表向きは優等生だけど本当は不器用な女の子。両親や友達とうまくいかず、不安をかかえて自分の居場所を求めていた。ある日、屋上で同じ学年の不良・都郁に会い、彼には本音で話せるようになる。そのうち陽良は都郁を好きになっていくが、彼には忘れられない人がいると知って…。

ISBN978-4-88381-992-8
定価:本体 560 円+税

ブルーレーベル

『イジワルなキミの隣で』 miNato・著

高1の萌絵は2年の光流に片想い中。光流に彼女がいるとわかってもあきらめず、昼休みに先輩たちがいる屋上へ通い続けるが、光流の親友で学校1のイケメンの航希はそんな萌絵をバカにする。航希なんて大キライだと感じる萌絵だったが、彼の不器用な優しさやイジワルする理由を知っていって…?

ISBN978-4-88381-930-0
定価:本体 570 円+税

ピンクレーベル

『クールな同級生と、秘密の婚約!?』 SELEN・著

高2の亜珊は、実家の工場を救ってもらう代わりに大企業の御曹司と婚約することに。相手はなんと、クールな学校一のモテ男子・湊だった。婚約と同時に同居が始まり戸惑う亜珊。でも、眠れない夜は一緒に寝てくれたり、学校で困った時に助けてくれたり、本当は優しい彼に惹かれていき…?

ISBN978-4-8137-0588-8
定価:本体 590 円+税

ピンクレーベル

ケータイ小説文庫　好評の既刊

『新装版 てのひらを、ぎゅっと。』逢優・著

彼氏の光希と幸せな日々を過ごしていた中3の心優は、突然病に襲われ、余命3ヶ月と宣告されてしまう。光希の幸せを考え、好きな人ができたから別れようと嘘をついて病と闘う決意をした心優だったけど…。命の大切さ、人との絆の大切さを教えてくれる大ヒット人気作が、新装版として登場！

ISBN978-4-8137-0590-1
定価：本体 590 円＋税

ブルーレーベル

『新装版 サヨナラのしずく』juna・著

優等生だけど、孤独で居場所がみつからない高校生の雫。繁華街で危ないところを、謎の男・シュンに助けられる。お互いの寂しさを埋めるように惹かれ合うふたりだが、元暴走族の総長だった彼には秘密があり、雫を守るために別れを決意する。愛する人との出会いと別れ。号泣必至の切ない物語。

ISBN978-4-8137-0571-0
定価：本体 570 円＋税

ブルーレーベル

『新装版 キミのイタズラに涙する。』cheeery・著

高校1年の沙良は、イタズラ好きのイケメン・隆平と同じクラスになる。いつも温かく愛のあるイタズラを仕掛ける彼に、イジメを受けていた満は救われ、沙良も惹かれていく。思いきって告白するが、彼は返事を保留にしたまま、白血病で倒れてしまい…。第9回日本ケータイ小説大賞・優秀賞＆TSUTAYA賞受賞の人気作が、新装版で登場！

ISBN978-4-8137-0553-6
定価：本体 580 円＋税

ブルーレーベル

『月明かりの下、君に溺れ恋に落ちた。』nako.・著

家族に先立たれた孤独な少女の朝日はある日、家の前で見知らぬ男が血だらけで倒れているのを発見する。戸惑う朝日だったが、看病することに。男は零と名乗り、何者かに追われているようだった。零もまた朝日と同じ孤独を抱えており、ふたりは寂しさを埋めるように一夜を共にして…？

ISBN978-4-8137-0552-9
定価：本体 590 円＋税

ブルーレーベル

読むたび何度でも恋をする…全力恋宣言！
毎月25日はケータイ小説文庫の日♥

心に沁みるピュアラブやキラキラの青春小説、
「野いちご」ならではの胸キュン小説など、注目作が続々登場！

ケータイ小説文庫　2019年2月発売

『ふたりは幼なじみ。』青山そらら・著

梨々香は名門・西園寺家の一人娘。同い年で専属執事の神楽は、小さい時からいつも一緒にいて必ず梨々香を守ってくれる頼れる存在だ。お嬢様と執事の関係だけど、「りぃ」「かーくん」って呼び合う仲のいい幼なじみ。ある日、梨々香にお見合いの話がくるけど…。ピュアで一途な幼なじみラブ！

ISBN978-4-8137-0629-8
予価：本体500円+税

ピンクレーベル

『新装版　特等席はアナタの隣。』香乃子・著

学校一のモテ男・黒崎と、純情天然少女モカは、放課後の図書室で親密になり付き合うことになる。ふたりきりの時は学校でも甘いキスをしてくるなど、黒崎の溺愛に戸惑うモカ。黒崎のファンや、モカに恋する高橋などの邪魔が入ってふたりの想いはすれ違ってしまうが…。気になる恋の行方は!?

ISBN978-4-8137-0628-1
予価：本体500円+税

ピンクレーベル

『月がキレイな夜に、きみと会いたい。(仮)』涙鳴・著

蕾は無痛症を患い、心配性な親から行動を制限されていた。もっと高校生らしく遊びたい——そんな自由への憧れは誰にも言えないでいた蕾。ある晩、バルコニーに傷だらけの男子・夜斗が現れる。暴走族のメンバーだと言う彼は『お前の願いを叶えたい』と、蕾を外の世界に連れ出してくれて…？

ISBN978-4-8137-0630-4
予価：本体500円+税

ブルーレーベル

書店店頭にご希望の本がない場合は、
書店にてご注文いただけます。